典耀中华

U0684702

中国文学大奖作家作品集

自然语文

杨文丰 著

主　编　王子君

副主编　沈俊峰

陈晨

北京时代华文书局

**图书在版编目（CIP）数据**

自然语文 / 杨文丰著 . -- 北京 : 北京时代华文书局 , 2025. 6. -- ( 中国文学大奖获奖作家作品集 / 王子君主编 ). -- ISBN 978-7-5699-5898-0

Ⅰ . I267

中国国家版本馆 CIP 数据核字第 2025BW6240 号

ZIRAN YUWEN

出 版 人：陈　涛
项目统筹：张彦翔
责任编辑：王　婷
装帧设计：李　超
责任印制：刘　银

出版发行：北京时代华文书局 http://www.bjsdsj.com.cn
　　　　　北京市东城区安定门外大街 138 号皇城国际大厦 A 座 8 层
　　　　　邮编：100011　电话：010-64263661　64261528

印　　刷：三河市人民印务有限公司
开　　本：710 mm×1000 mm　1/16　　　成品尺寸：155 mm×220 mm
印　　张：13　　　　　　　　　　　　　字　　数：184 千字
版　　次：2025 年 6 月第 1 版　　　　　印　　次：2025 年 6 月第 1 次印刷
定　　价：69.00 元

# 中国文学大奖获奖作家作品集
# 编 委 会

**主　　编**　王子君

**副 主 编**　沈俊峰　陈　晨

**编　　委**（排名不分先后）

蒋子龙　梅　洁　董保存　刘笑伟

穆　涛　彭　程　沈　念　陈　仓

# 出版说明

20世纪八九十年代，茅盾文学奖、鲁迅文学奖、老舍文学奖相继设立，一批批优秀的文学作品通过评奖活动为广大读者所熟知、追捧，在社会上引起强烈的反响，并得以跨越时空流传。这说明，文学的繁荣不仅需要国家政策的大力支持，更需要社会力量的广泛参与。进入21世纪，随着文学创作队伍不断扩容、优秀作品不断涌现、阅读热潮不断兴起，设立的文学奖项也越来越多。虽然多得有令人眼花缭乱之感，但不可否认的是，其中不少奖项已产生了巨大的社会效益，不少优秀作品、优秀作家脱颖而出，这对于中国文学事业的蓬勃发展起到了促进的作用。

2023年春，教育部等八部门印发《全国青少年学生读书行动实施方案》。随后，122家国家语言文字推广基地共同发出"典耀中华"主题读书行动倡议。多家具有文化情怀的出版社和出版机构立即响应，相继推出各种适合青少年阅读的图书。就是在这种背景下，"中国文学大奖获奖作家作品集"书系（以下简称"获奖书系"）应运而生。

获奖书系由北京世图文轩文化发展有限公司（以下简称"世图文轩"）策划、北京时代华文书局有限公司（以下简称"时代书局"）出版。我非常荣幸地受邀担任主编。

世图文轩成立于2010年，系在北京市乃至全国较有影响力的图书发行公司之一，曾获得"重合同守信用企业""诚信经营示范单位"等荣誉称号。长期以来，世图文轩和众多出版社进行合作，获得了合作伙伴的一致好评。而时代书局立足时代，矢志书写时代，为时代的文化产业大改革、大发展、大繁荣做出贡献，是一家有远大梦想、有创新理念、有品牌追求、有精品面市的出版单位。在"典耀中华"主题读书行动倡议中，世图文轩和时代书局决策层敏锐地抓住机遇，迅速策划获奖书系选题，彰显优秀出版人的眼光、魄力与胸怀，以及通过出版优秀作品提高文化市场发展质量的理想。这样两家致力于图书策划、出版的企业，其品牌信誉是毋庸置疑的。

为大众，特别是成长中的青少年读者集中推送一批中国各种散文奖项获奖作家的个人作品集，是一件虽然困难，却功在当代、利在未来的大好事，我能参与其中，深感荣幸，同时一种使命感、责任感以及担当精神也油然而生。

经过反复讨论，我们先选择向茅盾文学奖、鲁迅文学奖、"五个一工程"奖、全国少数民族文学创作骏马奖、中国人口文化奖、冯牧文学奖、冰心散文奖、百花文学奖、丰子恺散文奖、朱自清散文奖、汪曾祺文学奖、中国报人散文奖等12种奖项的获奖作家征集书稿。后因个别奖项参与者少，又做了适当的调整。书系规模暂定为100部。相对于众多的奖项、庞大的获奖者队伍和现今激增的作家人数，100部显然太少，但作为一种对获奖作品的梳理、对获奖作家的检阅的尝试，或许可以管中窥豹，从中观察到我国这几十年来散文创作的大致样貌。我们希望此书系今后可以持续出版，力争将更多的有影响力的奖项与获奖者的优秀作品纳入，形成真正的散文大系。

令人特别感动的是，刚开始组稿时，王宗仁、陈慧瑛、徐剑、韩小蕙、王剑冰、蒋子龙等作者就对书系表现出极大的支持和信任，并在第一时间提供了书稿以示鼓励。随着组稿工作的开展，我们发现，众多作家都表现出对这个书系的浓厚兴趣与高度认可，他们对当代散文创作事业的发展前景有着共同的期待与信心。这对我和我的编委团队无疑是一种巨大的鼓舞。

组稿虽然费了不少周折，但总体上比想象中顺利得多。当然，非常遗憾的是，一部分作者的作品由于版权授出等原因，未能加入这个书系。

书系里，名家荟萃，佳作如林。有的，曾代表过一种新的创作范式；有的，曾开启过一种新的创作方向；有的，对某一题材开掘出更深、更独特的思想；有的，有引领某类题材与风格的新面貌；等等。100 部，就是 100 种人生故事、100 种生活态度、100 种阅历见识、100 种思维视角、100 种创作风格。无论是日常生活、人生成长还是哲理思考，我们都跟着作者们去感受、感悟、感怀——由 100 部书稿组成的书系，构成当代散文创作的一个缩影。

要做好这样一个大工程，具体的、烦琐的编辑事务远远超出了我们的预想。但是，我们没有知难而退。我们困于其中，也乐于其中。

在组稿、编辑过程中，我思考一个问题：我们为什么要读书？

每年的 4 月 23 日，是"世界读书日"。据说，每到这一天，会有100 多个国家举行读书活动，旨在提醒人们重视阅读。我无法用一大段富有理论价值的话语来论断为什么要阅读，但以我个人的阅读感受，我坚信，只要阅读，就一定会有用——在浩瀚无垠的宇宙里，我们不过是一粒粒微尘，但阅读也许能让一粒粒微尘落在坚实的大地上，变成一粒粒微尘般的种子吧。而且，我认为阅读要趁年少。年少时你读过的书，你背诵过的诗歌、散文、格言、小说章节，随着时间的推移，你可能会淡忘，可能很难再复述出它们的具体内容，但其实它们早已对你的人生产生了潜移默化的影响，你从这些书中汲取到的营养，已经融入你的价值观、世界观和你的生活哲学。因此，我们组织的书稿，必须能成为真正可读的、有营养的、有真善美力量的作品，能真正在人心里沉淀下来。

习近平总书记在文艺工作座谈会上讲话时指出："优秀文艺作品反

映着一个国家、一个民族的文化创造能力和水平。吸引、引导、启迪人们必须有好的作品，推动中华文化走出去也必须有好的作品。"我们希望，这个书系能成为读者眼里"有正能量、有感染力，能够温润心灵、启迪心智，传得开、留得下，为人民群众所喜爱"的优秀作品。再过十年、二十年甚至五十年，这套书系依然能够有读者喜欢，有些篇章能经得起岁月的洗礼，真的成为经典。

当然，任何一套书系都做不到十全十美。我在编纂这套书的过程中，最大的感受，当代散文创作无论是题材、创作方法，还是思想容量、艺术表现力，已真正呈现出百花齐放的态势。我希望读者亦能如我一样，从中感受到散文天地的无垠无际，感受到散文的力量。

在此，特别感谢给予我们信任与支持的作家，特别感谢包括世图文轩、时代书局在内的所有为此书系的成功出版付出了辛勤劳动的团队和师友。

谨以此文代为书系的说明。

2025 年春，于北京

# 目录

# “晨昏线”寓言①

*自然时刻给予人谕示。*

——手记

　　全人类和其他生物所依恋、拥抱的地球，总是同时承受着白天和黑夜，以太阳为中心，自西而东旋转，风雨兼程。地球，是一个具有农民式现实、谦和、质朴及忍耐精神的球体。白天与黑夜在地球表面上的交界线，气象学上称为“晨昏线”。晨昏线，忠实地做着与地球反向、同速的运动。民谚：“三十年河东，三十年河西。”晨昏线过处，无非是黑披风（白绸缎）刚刚飘然过去，白绸缎（黑披风）就急急拂面而来。日升日落，云去云飞。黑夜和白天，对自己体下的万物施行着轮回式的恩泽与压迫。

　　寓意尤深的是，地球并不是一个裸球，地球穿着一袭绵厚、无色且流动的空气霓裳，高级动物和其他生物，日日夜夜，出没在宛若虚幻的空气里。阳光打在空气上，难免发生漫射、散射，因而，在毗邻晨昏线光暗交界的区域，光亮，总是毫不留情地占领一些本属黑暗的疆域，尽管这个疆域一如善恶交汇，明暗模糊，却总显得蕴藉和幽远。晨昏线，

---

① 载于《散文海外版》2001年第4期；入选上海市高中二年级《语文》教材。

表明光暗的对抗自始就不是平分秋色。况且，在晨昏线一侧，在阳光与地球的"切线"上方，亦是底压黑暗、辽阔厚实的光亮和辉煌。

"晨昏线现象"够得上是宇宙背景上的一篇"大散文"。晨昏线所呈现的大境界，确是小小寰球上任何人文和自然境界都无法比肩的。在晨昏线现象面前，人类自鸣得意的一切，不过是杯水风波式的"小女人散文"。

晨昏线现象大白于宇宙的社会意义更在于：太阳的光辉顶多只照得多半个地球。"光中也有暗""暗中也有光"。光明的底下是半个光明圆弧面，黑暗的底界则是半个黑暗圆弧面。光亮是抚摸、拥挤着地球前进的，黑暗也不是高兴、失重式窜逃的。光明（黑暗）在地球的这一面，黑暗（光明）在地球的另一面。光明（黑暗）在此处若是败退的，在彼处就是凯旋的。但是，只要地球的生命之树常绿，只要地球还有能力自转，光明就会永恒地大于黑暗。

# 啊，阳光①

让我的爱情，像阳光一样，／包围着你／而又给你光辉灿烂的自由。

——［印］泰戈尔《流萤集》

## 1

亮亮光光，白白茫茫，浩浩汤汤——这是遥远的父亲般的太阳，正使劲朝我们大面积地泼来的阳光。我感觉自己恍如庄周、惠施在濠梁上理论过的一尾鱼，顺流而下。流过去了，庄周寓言；游过去了，传统云烟。很光亮，也的确是浩浩汤汤，白白茫茫，这是人生难得、非常真实而又非常可爱的阳光啊！

阳光，是太阳发射的能引起视觉的电磁波。阳光的波长范围一般在380纳米到780纳米之间。

光，从一个方面说是波动，从另一个方面看是粒子！光，是有两张面孔的罗马门神雅努斯——"横看成岭侧成峰，远近高低各不同。"但是这片朦胧、这头双面兽没有迷惑住科学家，使之满足于"不识庐山真

---

① 载于《南方日报》；入选云南高中《语文》教辅教材。

面目，只缘身在此山中"！终于，从粒子说里海森伯等人发展了量子力学，而从波动说里薛定谔开创了波动力学，从而开拓了 20 世纪物理数学科学和原子电子技术的新纪元！

我之所以产生犹同一尾古鱼的幻觉，是因为阳光似水。我捉不住阳光，然阳光却很真实也很实在地正轻轻打在我的脸上。

阳光也轻轻地打在你的脸上。阳光散发着你故乡秋后田野火烧土似的、热烘烘的男性气息。阳光有些模糊地嬉笑着、追逐着。普鲁斯特在小说里写道，阳光照进百叶窗时，百叶窗像是插满了羽毛。阳光是牛奶般发光的、羽毛蓬松的团队，更似大面积、半透亮的磨砂光幕。阳光还是天地间满贮的浮流的空气般的粗糙的黄金。阳光汇合了花束、林间的香气和汉堡包的味道。阳光拥抱着你，镀得你周身明晃晃。博尔赫斯说："水消失于水。"阳光一队队失落在草上、山上、水上和摩天大楼上，漫漶而似泛黄。"我们的生活充满阳光。"我们的头顶确实阳光泛滥。

我希望，阳光永远能以太阳为中心，向宇宙空间的浩瀚和苍凉，向四面八方传播。宇宙，渺渺，茫茫，又有几多阳光，未曾打上地球的脸，更未打上你我的脸呢……

2

1666 年某个黄道吉日，伟大的物理学家牛顿让一束白晃晃的太阳光透过三棱镜，投射到对面的白色大屏幕上。霎时，物理学史上一个神奇的物理现象产生了：屏幕上展现的竟是一列按红、橙、黄、绿、蓝、靛、紫排列的色带，那颜色活脱脱就像雨霁弯悬于天空的彩虹。牛顿将眼前这一条光色彩带，命名为"光谱"。出自拉丁文的"光谱"一词，本意为"幽灵"。牛顿何以这般命名？恐怕是出于一朝窥见自然奥秘的敬畏与惶恐吧，我想。宇宙沧桑，天道无情。科学规律在未被发现之前，犹同未揭开面纱的神秘女郎。这个著名的阳光色散实验，其所产生的科学与人文效应，确实也并非只让世人明白：阳光，只是由多色光所混合组成的复色光而已。

人们对阳光下颜色的感受，真有些像美学家朱光潜先生主张的主客合一、移情作用之美学感受。不是吗？绿草茵茵，是因为草的主要成分叶绿素反射了特定波长的光（即绿光），而吸收了其余波长的光（即红光、蓝光等），而反射的特定波长的光由我们的眼睛看来是绿色的。秋草何以苍黄，原理与之类似。极光、虹影、彩云、佛光、孩子嘟起小嘴吹飞的肥皂泡……这一切，斑驳陆离，缤纷璀璨，皆来自阳光的色光流变。

"日出江花红胜火""日落西山红霞飞"，让我们感受温暖如春；阳光点染紫罗兰，秋来江水绿如蓝，却多少使我们心生暮秋般的悲凉。

## 3

牛顿的"光谱"理论，仿佛科学和艺术合一的一口仙气，吹醒了西方一大批富有才情的画家，突然为他们打开了艺术新世界的大门。这些艺术精英，蘸着阳光作画，激情燃烧，才华横溢。他们解放思想，将阳光的色彩，大胆地调和、强化，再重重地敷在、倾泻在画布上，风起云涌。19世纪70年代，法国画家莫奈创作了划时代的油画《日出·印象》，画面一反传统，色彩艳丽，光色迷离，简直活化了"光谱"理论——辣妹一般的印象画派诞生了！莫奈更是宣称："每一幅画的真正主题都是光。"他将画架从画室搬运到户外的艳阳下，色光流转，色泽闪烁。以马蒂斯为代表的野兽派，则以集团式的画作，前呼后拥，狂歌阳光。高更认为，阳光的色彩，斑斓丰富，简直就是无声的语言，可以唤醒内心热乎乎的反响。塞尚还发现暖色可使画面凸起，冷色能教画面陷落。

阳光与艺术互为相思，强化的艺术情感，鲜活、灵动、神异。1888年，高更在创作油画《雅各与天使在布道后角力》时，竟有意将一大片草地绘成熊熊燃烧的朝霞一般的红色。美术评论家认为，这种创新处理，确实独辟蹊径，比将草地表现为任何或深或浅的绿色，更能左右观者的情感，均衡构图重心。

蓝色作为艺术语言，本来一直沉寂，屡遭艺术冷遇。譬如，《圣经》对穹宇和天界的描绘，尽管浓墨重彩，但对蓝色，却不着一字。文艺复兴初期的意大利画家，似成思维定势，多把天穹涂抹得金黄。自从"光谱"理论以降，乾坤开始生变，蓝色便在野兽派作品中飞流直泻，仿佛在一夜间挣脱了天穹的樊笼，翩翩然下凡，驻在了树上、草地上、面孔上和其他有关物体上。大画家毕加索，有过单纯如梦的"蓝色时期"。够得上"蓝画家"美称的马蒂斯，还作过这样一幅名画——《舞蹈》：在如梦如幻、鲜亮艳丽、色彩浓烈的蓝色大背景之上，五位酒神侍女个个体态婀娜，手拉手，口唱歌，踢踏着热情奔放的轮舞。后世的物理学家伫立这幅画前，惊讶于画家之笔有如神谕，竟似先知先觉，因为画面上面积阔大的蓝色，与核能的表征色彩，竟非常吻合。

画家对阳光乃至光谱，所表现出的高贵及引发出的敏感、自觉、热情的朝圣，不仅体现了阳光的磁性，也彪炳着"会思想的芦苇"——人的睿智。

4

我们的阳光有力量。中年听雨客舟中，"的蓬，的蓬"，船篷正承受雨的压力。阳光，就像是来自太阳的、难以止息的、光明的"雨"。阳光给予的雨打萍式的压力，科学上叫"光压"。阳光，你看得见，但光压，却如空气一般，你是无法看见的。你对空气可现现实实地感受，对于光压，你却不太能够感受。从阴阴的冬日步入阳光世界，人们强烈感受到的，多是使人眯眼的、温暖的、欢愉的、白晃晃的光。

给你压力的阳光及其路线，是箭镞般前行的，但在引力场中，却同时又是弯曲的。1911 年科学巨人爱因斯坦提出：由于太阳引力的作用，当光线经过太阳附近时，会产生偏离。1916 年，他计算出偏角为 1.75″。他还预言，这一现象在日全食时可以看到。1919 年日全食之前，英国皇家天文学会派出两批天文学家，分赴非洲西部和拉丁美洲设点观测。那一天，是全世界有心的物理学家翘首以待的日子。"逝者如斯夫"，风云突变，日头被中国传说中的天狗一口食了。霎时，天文学家们看到了本该在太阳"背后"的星星。这一看，非同一般，等于证明了那颗星星向太空发射的光的确没有呈直线传播，在经过太阳这一颗"大质量"星体时，光线确是弯曲着朝地球射来的。天文学家在两处观测到的光线的偏角分别为 1.61″ 和 1.98″，与爱因斯坦的理论计算基本吻合。这个消息，顿时使爱因斯坦声名鹊起，可爱因斯坦却只是淡然地对研究生说："我知道会是这样的。"研究生惊讶于爱因斯坦的平静，问："假如观测结果与预言不符，咋办？"爱因斯坦微微一笑，自信地说："那我将为上帝感到遗憾——我的理论肯定是正确的。"

阳光可以在屋子外，也可以在屋子内。每一个人的童年，大抵皆有捣蛋地拿着圆镜，将明晃晃的阳光反射入屋的经历。植物叶片对阳光有反射作用；地面、粗糙的农田对阳光有反射作用。反射，与阳光照射的角度有关。阳光还有折射特性，牛顿的"光谱"色带便是由特性各不相同的色光折射而成。阳光还有透射特性。当然，阳光还会被吸收，阳光就这么以太阳为中心朝四面八方不休闲地辐射，谁又说得清有多少阳光，是被物体吸收了呢？

## 5

有谁倾听过阳光的喧哗与嚣动，抑或歌唱？阳光下，你能听到绣花针落地的响动吗？密集与宽阔的阳光，是静默的热烈、热烈的静默。阳光有力量却不剑拔弩张。阳光每秒钟飞奔30万千米，却闲静得如脚底垫足了棉花。阳光辐射着无声的威严。21世纪第一个马年的初一清晨，我的半虚构半现实、半落后半新潮、半情半理、半人文半科学且很文学的郊野村落阳光满地，天地白银一般锃亮辉煌。"啊，阳光！"我不禁惊叹了一声。阳光背后的黑暗，如惊鸟，扑棱棱飞散。阳光那显、隐作用依然鲜活，依然需要我们演绎、歌唱——

阳光啊，你推动了地球季候的递进、转换、更迭与轮回；阳光啊，你使绿叶在枝头缤纷招展；阳光啊，你让人间得以生产食粮；阳光啊，你还是长年累月为人类提供能源的隐身英雄；阳光啊，你改变了我们的思维方式；阳光啊，"给我们家庭，给我们格言/你让所有的孩子骑上父亲的肩膀/给我们光明，给我们羞愧/你让狗跟在诗人后面流浪/给我们时间，让我们劳动/你在黑夜长睡，枕着我们的希望"。（多多《致太阳》）

阳光，更使许多我们肉眼看不见的东西正当上升。植物、人物以及其他生物的体温——阳光使它们上升，君能看见？海洋、江湖、池沼阔大的水汽蒸发，君能看见？水分从植物叶片的气孔鱼贯蒸腾，君能看见？……

大诗人歌德在辞世前说："把窗子打开，让更多的光进来！"

认同不认同都一样，活着就是追逐和接受阳光的洗礼、烘烤、抚摸等恩泽，死去便是结束或告别对阳光的眷恋。每一个人，都是某缕阳光的轮回与转世。

阳光成了一个伟大的象征。

# 黄　昏[①]

> 黄昏是一天中最美丽、最温柔、最柔软的时期，也是最容易漫生人生回忆和感兴的时期，尽管今天的黄昏已失去了许多纯粹。

——手记

## 1

黄昏，是日落西山而天未黑的时分。神奇而美丽的黄昏，弥漫在天空与大地之间。

黄昏的霞彩总像是红日跌落于西天之下的苍山而溅起的，或许是太遥远了，那轰响我们已无法听见。黄昏何以彩霞满天？——这是绵厚的、围拥地球的、不纯净的大气和阳光合作的产物。红日西沉，斜射的阳光所穿越的大气层，比任何时候都厚。这时，西天的上层大气，已较早地、大量地，使蓝、紫光等短波光成了散射光，下层大气所散射的，主要是穿透力要比短波光强的长波红、橙光。因而，在人和动物眼里，满眼必然是"日落西山红霞飞"的景色。其实，在红霞满天的背后，天

---

① 载于《羊城晚报》；《散文海外版》2009 年第 5 期转载。

空依然呈现着苍茫无垠、梦幻宁静的蔚蓝。

日语中有一个形容晚霞的词，很美丽，也很形象，叫"夕烧"。我想，这是一个可表达热烈和寂静的双重意义的词。"这是大蜥蜴的黄昏"（聂鲁达《诗歌总集》），诗人眼中的黄昏总是宁静的。黄昏之静，铺天盖地，弥漫游移，润物无声。大蜥蜴确是一种耐得住寂静的动物。我在电视上见过，它伏贴在黄昏阴湿的地皮上，可以好几个小时一动不动。大蜥蜴即便行动，给人的感觉也还是寂静的吧！"那黄昏，睡得多平静。"（艾略特《阿尔弗瑞德·普鲁弗洛克的情歌》）黄昏，总给动物与人，籽粒灌浆般的宁静。

## 2

依然来访的黄昏，总给人多情、松懈、慈爱、自适和若有似无的几分神秘。在黄昏面前，人啊，怎能不心存深深的感恩？

一天过去，又日落西山了，千古亦然，令人眷恋且怅然若失。劳作了一天的人们，沐一身黄昏氛围，潜意识中那几条总欲浸淫放松、宽松的虫子，冥冥中已神秘地开始蠕动。黄昏终于来了。黄昏，漫漫漶漶，绵绵软软，容易让人有些身不由己地释放自己。黄昏的土地，居然还是很温热的（温热是释放的资本）——除非雨天。黄昏时分，土地丧失了太阳照耀，在度过一段热量的收支平衡后，便进入自动散热时段。这时节，出于东山之上的明月，反射过来的阳光实在是很飘渺且很有限的。土地的散热无声无息，比有无中的山色更神奇，你的肉眼是看不见的。土地散热所释放的长波辐射，让黄昏变得彩霞满天，之后大地的空气能够微微升温，土地却慢慢转凉。旷野田畴，倘若恰遇静风，那远方，远村田畴那边，尤其在晚秋，地表之上偶尔会生烟，静静悬布、弥浮起一抹雾霭，如同柔软的烟桥。草梢上，露珠的孕育已经开始。

白天具象而清晰的屋宇、山峦、绿树，随着黄昏的深入和浓重，最后全变成暮鸦色的剪影。我长久观察过，这种剪影的形成过程，符合哲学的量变质变律，终会分不清颜色或天下一色，似有奇幻感。当然这种过渡和转变，是极平稳和了无声息的。词曰"商略黄昏雨"，其实黄昏嘀嘀嗒嗒的雨很少。群群暮鸦或暮雀，双翅驮斜晖飞落树梢，噪闹不已，说是营巢，其实鸟语神秘莫名，谁能知道？

往事越多年，那一年我还在湛江，从夏天的黄昏出发，我散步走向海滨。暮色随着时间在洒落，变浓重，越来越重，漫不经心的我，竟然步向池塘，而且竟然沿着池塘堤，转了三四圈，就是寻不见回路，满耳蛙鼓，海风湿凉……

## 3

黄昏在我们亲爱的地球上，下体伏贴着地面正旋转着。地球，一直自西向东转入黄昏。在地球上，每时每刻都有跨越南北半球的弧面，张开双臂，在接受黄昏。地球上的一个地方一天总有和只有一次黄昏（极地除外）。黄昏总是周而复始地抚摸、恩泽着民间。黄昏的光色变化，影响着大自然和依赖大自然生活的人们。

许多物事皆有对应性。人类的思想和活动，其实，同样影响和改变黄昏。因为大气的污染，因为温度的上升，因为灯火……黄昏的光色逐渐丧失了往昔的纯粹。黄昏有了幻化。谁能说人类某些奇异的、强力的活动，对地球的转速不产生影响呢？

今天，即便是鸦背驮来的黄昏，与原初的，乃至古典文学的黄昏，也不完全相同了……

# 中 国 红[①]

*中国红是最具中国元素的颜色，最美的中国色！*

——手记

## 1

我对中国红的最初记忆来自童年的乡村生活。记得四五岁时，我随做小学教员的母亲家访，第一次近距离感受到农家户户贴春联、挂红灯笼的节日气氛，从此，就爱上了中国红。

我喜爱的中国红，氤氲着古色古香的秦汉气息，沿袭着个性飞扬的魏晋风度，延续着开明繁盛的唐宋遗风，流转着雅致风骚的明清神韵……吸纳了朝阳绚丽迷人的光芒，凝聚了相思豆细腻温润的情感，富有行云流水的抒情写意、大俗而大雅的审美情趣，是最具中华文化意蕴的、最可爱的颜色，意味着祈福迎祥、向上向善、华丽吉祥、团圆喜庆、福禄兴旺、尊贵纯正，意味着百业和谐顺遂。

中国红走入民间，与中国人的喜庆水乳交融，互相升华。贴身肚

---

① 载于 2007 年 3 月 10 日《南方日报》；入选 2010 年上海市中考语文试卷；入选古耜选编《千秋伟业，百年风华——红色散文选粹》，中国言实出版社 2021 年出版。

兜、流苏、绣球、香囊、舞绸、贺卡、灯笼、窗花、红包、爆竹等等，都染上了中国红。中国红丰富了我们的生活。

一曲《中国红》，更是唱出了中国民间对中国红的爱恋和期盼：

开天有东方红，

开国有红旗红，

开口有女儿红，

开怀开心有开门红。

迎春有杜鹃红，

迎日有荷花红，

迎客有长城红，

迎亲迎喜是满堂红。

红红红遍了南北西东，

红红红透了春夏秋冬，

花红人红富贵在手中，

哪个祝你好运路路相通，

红红红遍了每片天空，

红红红透了每张笑容，

人人心中有美美的梦，

哪个红红火火是中国红。

这个延续了几千年的传统红"喜"字多么亮丽、吉祥和美满！她象征着婚姻美满、琴瑟和谐！

这个中国结红出的梦想多么结实、沉甸和美丽！"结""吉"谐音，寄托的是民间对团圆、亲密、和谐人生境界的企盼。

节日里添置几件红衣裳吧，这等于为自己增添好心情，增添新年的吉祥喜庆。可以添一款红外套，即便雪花飘飘人也感到暖意，仿佛是将源远流长的中国传统喜庆文化紧贴在身上。

中国红也显得性感。从服装设计师克里斯汀·迪奥的红色镶边晚装，到中国国际时装周上美不胜收的作品，红色就像嘉宾，就像春天野外齐齐绽放的鲜花，将欢喜推至高潮。看了这些设计师的杰作，你就再不会认为只有身穿黑衣裳的女人才性感、优雅。

至于隐性中国红，更是成了中国男人私密的性感意象或者浪漫幻想。想想看，可遇而不可求的是"红颜知己"，浪漫至极的是"红袖添香""朱唇一点桃花殷"，还有就是"红酥手"。身着红旗袍、手握轻罗小扇的窈窕淑女，不是将形神别具、独具魅力的东方女子推向了性感绝伦的巅峰了吗？

亮丽的中国红，成了有声有势的颜色、青春的颜色，成了温暖的情愫、美丽的心情、走向明天的激情。

中国红更代表了春天的颜色，春天的姹紫嫣红，表现为一种向上的力量——华夏民族来自内心深处的犹同种子出土向上那般的力量。

张爱玲之友炎樱说："好的颜色里有一个世界的声音。"中国红在今天不已成为走向世界的声音了吗？

就这样，朝阳般颜色的中国红，从漫长的农耕社会走来，走到今天，已深深地嵌入中国人的心魂。如同麦当劳成为美国快餐文化的符号一样，中国红也成了中国喜庆文化的符号，犹同旭日，辐射着光明、生机、快乐、温暖、向上和希望。

凡是有中华儿女的地方就有中国红！

中国红是很中国的颜色，是我们的国色！

## 2

你比较一下常见的颜色，便可知中国红是最适合喜庆的颜色。黄色尽管有暖暖的氛围，很阳光，但涉及皇权，作喜庆主色不宜。何况黄色还多少会给人不安。白色纯洁、纯净。月华般的白色清淡、素雅，犹含百合花瓣带露的诗意和温厚的纯粹，可成点染闲愁、淡然走出戴望舒笔下的雨巷的女子，却无法作民间喜庆的主色。紫色低调、冷艳、神秘，也优雅也浪漫，却犹带紫槿花、勿忘我、紫丁香那般淡淡的自恋，与昂扬热烈的喜庆氛围风马牛不相及。绿色无疑象征希望和蓬勃的生命，是今天誉满全球的环保色，然却冷静有余，热烈不足，与喜庆氛围又何能和谐？

——唯红色是对视觉冲击最强烈的颜色，是最有生气的颜色，犹同释放的激情与能量，犹同生命的燃烧，具有促使人们注目和凌驾任何色彩之上的强烈力量，最热烈、最活泼、最鲜亮、最艳丽、最精神，能教人双眼一亮，教人印象深刻，教人兴奋雄起，是无可取代的最适合喜庆氛围的颜色！

考察考察光波的长短吧，也可以明白中国红非常适合喜庆。1666年伟大的物理学家牛顿通过三棱镜分光实验，发现阳光是由红、橙、黄、绿、蓝、靛、紫七种颜色的光波组成。光学实验表明：光线的波长越短，被散射作用越强；光线的波长越长，被散射作用反越弱。在可见光中红光是波长最长的色光，空气对红光的散射作用最弱，也就是说，红光穿透力最强，可以传得最远，在下雨或大雾的日子里尤甚。这也是停车信号要用红色的原因。谁不喜欢喜庆之日的场景红红火火、光鲜醒目呢？谁不喜欢喜庆好事传千里呢？

可看出中国红是最适宜喜庆场景的，还有生存择食因素。人对色彩的感觉是与生俱来的。人的眼睛观察事物的时候，依次观察的是物体的色彩、形体、线条和点。由此可知：色彩是人类认知外部世界的第一媒介。

《自然》杂志报道，香港大学研究人员对乌干达基巴莱国家公园的灵长类动物的饮食习惯作观察后发现：猿猴类通常利用蓝色和红色视觉，选食水果，倘若想吃更有营养的鲜嫩树叶，还须具备分辨红色和绿色的视觉。红叶能较明显地区别于其他颜色的树叶，红色是引起兴奋、喜悦的颜色，可以明显引发动物视神经细胞之扩展反应。可见，灵长类动物对红色较其他颜色敏感的感觉能力，与长期找食物养成的饮食习惯有关。

3

中国红还反映了东方式的神秘。作为一种神秘的、中国式的吉庆颜色，作为中国人的吉祥文化图腾和精神皈依，中国红也表现了东方哲理和中国人的吉祥文化心理，其渊源还可追溯到古代华夏民族对日神的虔诚膜拜。

从民间的红鸡蛋也可看出中国红的丰富性。在中国民间，喜得贵子后送人的鸡蛋总是要染成中国红。有的地方生男生女送深浅迥异的红鸡蛋：山东郯城生男孩的人家送人的鸡蛋是朱红色的，生女孩则为桃红色。据说浙江绍兴一带，在孕妇分娩时，娘家用红绸布包裹若干个红熟鸡蛋置女儿床上，解开包裹让红蛋滚出来，祈愿女儿顺利分娩。浙江富阳的新娘上轿时，老婆婆总要将红鸡蛋从新娘的裤腰里放进去，从裤脚里溜出来，企望生儿女如鸡下蛋一般顺畅。

中国红这一经典"三原色"中的大红还衍生出丰富的中国红系列：娇嫩的榴红、深沉的枣红、华贵的朱砂红、朴浊的陶土红、沧桑的铁锈红、鲜亮的樱桃红、明妍的胭脂红、羞涩的绯红和暖暖的橘红。中国红还与青花蓝、琉璃黄、国槐绿、长城灰、水墨黑和玉脂白构筑了一道缤纷的中国传统色彩风景线。

中国红成了富于理想精神的颜色、神圣的颜色。我国颇负盛名的大红色瓷——色彩凝重、高贵静穆、宛如雨后初晴漫天红霞的"中国红"瓷就始于唐代。相传"中国红"的发明还始于一个可歌可泣可叹的祭红故事，故事折射出中国人为追求完美理想不惜献身的勇气和超凡入圣的境界。

中国红已将华夏民族喜庆的色彩习俗打造得美轮美奂。我们每一个人都生活在特定的社会习俗里。习俗的形成无疑必须经过选择，比如中国红被确立为喜庆颜色就经由了中国人聪明的选择，才传布开来，被不断模仿，这诚如法国社会学家古斯塔夫·勒庞在《乌合之众——大众心理研究》中所说："很多影响都是归因于模仿，其实这不过是传染造成的结果。"习俗唯有如此这般地经由潜移默化、耳濡目染，乃至约定俗成，得到民众的广泛支持，方有可能定型，方能成为支配民众行为的无意识因素，方能不被怀疑，而反过来又促成民众无意识地依归，因为"群体总是受着无意识因素的支配"。这也是华夏儿女凡遇喜庆都自觉选择中国红的主要原因。

习俗作为一种社会文化氛围，还会形成集体心理定势。假如这种习俗是看得见、摸得着而且还符合生理选择的基础，比如中国红，那么，其固定性还会更强，会演变成民族的心理。习俗的守恒性、排他性，会使你的异类思想被弱化或被淹没，比如中国人春节皆贴红春联，如果你家贴的是绿春联，则会被视作异类。

# 红　灯　笼[①]

　　即便走在异国他乡，只要看到红灯笼，我总会备感亲切，为自己是一个中国人而自豪。

——手记

## 1

　　红灯笼是中华民族眼中喜庆、吉祥和圆满的象征，是爱美、善美的中华民族从心田放飞的象征光明的春色彩球，是欢乐、喜庆的宣示和装饰。每逢中华民族的好日子，红灯笼都从未迟到和缺席。

　　　　腊梅傲雪风，

　　　　华夏灯笼红，

　　　　春意东西南北中……

　　每一个红灯笼，都亮丽起华夏儿女常挂常新、美丽宜人、含蓄浪漫而又并不遥远的希望。

　　虽然许多年代不乏贫弱、苦难，但千百年来，年年岁岁，每一个农

---

① 载于 2018 年 2 月 11 日《新民晚报》。

历新春佳节，都是红灯笼在华夏千里江山竞相红亮、走进高潮的日子。

## 2

红灯笼诞生于农业社会，源自古老的中国。第一个中国灯笼点亮在汉代，到唐代，因了官民的重视，民间有了张灯结彩、观灯出游的习俗。随后，影灯、水灯等多种灯笼样式开始出现。明代时，宫廷彩灯、民间花灯，样式愈显多样，木质、竹编、丝绸、棉布或是铁质，都以纹样喜庆的装饰性、祥和的寓意，交相辉映，美轮美奂。

红灯笼的形与意，凝聚着华夏民族的劳作。灯笼上彩绘的人物、山水、花鸟、龙凤、鱼虫，材质肌理，色彩纹样，不但美丽，还体现出精湛的工艺和精益求精的工匠精神。

本来灯笼之灯字，繁体写作"燈"，读作"登"声，字义从"火"，温热而旺盛，简化为"灯"后，一派灯火亮丽辉煌、人丁兴旺、祥和热闹的意象，依旧耐人寻味。

灯笼中空为虚，整体却为实，在哲人眼里，有另一般境界，民间流传学生请教老师灯笼意义的故事："先生，昨晚我看见有个盲人打着灯笼走路，他明明看不见，打灯笼有何用？"老师略一沉吟，曰："如果他是怕别人看不清路，这是儒家；如果他是怕别人撞到他，这是墨家；如果他认为黑夜出门就必须打灯笼，这是法家；如果他认为想打就打顺其自然，这是道家；如果他借此开示众生，那么，这就是佛家……"

## 3

有没有专门红入天空、飘移在天上的红灯笼呢？

当然有，这便是孔明灯，和平年代承载喜庆的孔明灯。

吉祥入夜灯笼红，

红火中国红，

喜庆满神州！

那年除夕，在四川泸州长江北岸，我和家人就购放过两只孔明灯，身畔不远是吉庆祥和的长江水，梦一样的长江水，忽远忽近此起彼伏的是孔明灯升空成功的欢呼声。我们看着亲自放飞的孔明灯，汇入天上一朵接一朵红红的花朵似的孔明灯的队伍，欢喜于红光闪烁的夜空下……

其实孔明灯也可自己制作，将轻薄的红灯罩围粘上轻简的立体竹笼，底部交叉的铜丝上再绑块固体酒精，或者置一炷红烛。

值得注意的是，孔明灯须在无风晴好时才可点燃，点火后将底部进气口尽量压低，别让热空气流出太多。这孔明灯和热气球升空的原理是一样的，灯罩内的空气受热膨胀后，密度必比外部空气的密度小，这时你按着孔明灯的双手就会感到明显的上升之力，此升空之力，用阿基米德浮力定律同样可以解释得通。徐徐飘移升空的孔明灯，是可升上至1 000米左右的高空的。

红月亮一般的孔明灯飘升入夜空，和地上数也数不清的星星似的红灯笼一起，业已成为中华民族寓意独特的喜庆符号，红在中国文化的深处，不仅是中华民族民间传统的、暖色的团圆和喜庆的象征，而且已愈来愈红出国门，正红入人类命运共同体，红入世界……

在美国唐人街，我与红灯笼相互问好；在瑞士苏黎世湖畔的"中国园"，我接受过红灯笼的新春祝福；在法国、德国、意大利、奥地利、挪威、丹麦、泰国等异国，我都曾见红灯笼点亮中国元素。

倘若说，凡是有国际歌传唱的地方都有自己的同志，那么，凡是有红灯笼明亮的地方，可爱的祖国，都必将会拥抱到自己亲爱的儿女……

# 蝴　　蝶<sup>①</sup>

*庄生晓梦迷蝴蝶，望帝春心托杜鹃。*

——［唐］李商隐《锦瑟》

## 1

　　花鸟虫鱼之中，美得如此翩跹、灵动、超然者，我以为首推蝴蝶。此刻，我正沐南窗冬阳而欣然撰文，虽无"蝴蝶飞进我的窗口"，但我揣想，在广大的锦绣江山的花丛草径之间，该有多少蝴蝶，正上下翩跹着它们的美丽呢？

　　蝴蝶之美，我以为是一种华贵美。如果将它比喻成花，若不是牡丹，也是腊梅了。如果比作鱼儿，恐也只有高贵的金鱼，才能相匹配。当然，它只能属"会飞的腊梅"，或"游动的金鱼"。蝴蝶的美丽，又主要表现在其气息上，这气息既抽象，又具体，可以说有些像珍稀邮票。你若不信，可以仔细去瞧瞧鳞片细密的蝴蝶翅膀。闪烁冷光的翅片，反射着红、橙、黄、绿、蓝、靛、紫七色光波，活像朝暾初露时的云蒸霞蔚。

---

① 第一、二节载于 20 世纪末《美文》《散文》杂志，两节合并文被《散文海外版》2018年第 4 期转载。

蝴蝶，在山水间留下了美丽的"投影"。有一眼泉，叫蝴蝶泉；有一种花，叫蝴蝶花；有一个梦，叫"蝴蝶梦"；也该有一座山，叫蝴蝶山吧。

蝴蝶，经常飞入浪漫艺术的花园。中国花鸟画，蝴蝶是"法定"的传统题材之一。蝴蝶双飞，自古以来都象征着美满的感情。文人表达缠绵深情，都喜欢用词牌〔蝶恋花〕。在古典诗、词、文中，咏吟蝴蝶的佳句就更多了。譬如，"酝酿蝴蝶浑无辨，飞去方知不是花""狂随柳絮有时见，舞入梨花何处寻""蝶来风有致，人去月无聊"，等等。江西诗人谢逸，曾经写过约三百首咏蝶诗，被人誉为"谢蝴蝶"。

斑斓的蝴蝶，达到了大混大沌的哲学人生"物化"境界。"昔者庄周梦为蝴蝶，栩栩然蝴蝶也，自喻适志与！不知周也。俄然觉，则蘧蘧然周也。不知周之梦为蝴蝶与，蝴蝶之梦为周与？周与蝴蝶，则必有分矣。"（庄子《齐物论》）必定是蝴蝶身上可小可大、又灵又动的哲学意蕴，使庄周"才下眉头，却上心头"，方没有去梦什么蜻蜓、纺织娘、金龟子、东风螺、寒蝉一类"凡俗生灵"，而专梦（其实也就梦了一回）超然物外的蝴蝶吧。在中国文化背景里蝴蝶"名高千丈"的原因，除受庄周青睐而被"艺术点化"外，更主要的，还应该是蝴蝶自身的"争气"吧。

蝴蝶，既属于艺术又属于哲学。

浪漫与抽象，是那么和谐地统一于蝴蝶。

蝴蝶真美！

## 2

可使人难以接受的是，蝴蝶羽化之前，竟然是菜农深恶痛绝的、丑陋的菜青虫。

真、善、美比较和谐、统一的物事，当然比比皆是。譬如，春天的燕子，夏天的玫瑰，秋天的菊花，冬天的雪野，但真、善、美绝对统一，即所谓"绝对纯"的物事，在世界上则是甚难存在的。美丽的蝴蝶与可恶的害虫，当是"美丑合一"的代表。美丑合一的物事，地球村还有很多。比如，鲜丽的植物一品红，顶端的红叶却藏着毒汁；迷人的罂粟花，乃鸦片的原料；波德莱尔名著《恶之花》，描写的尽是巴黎生活的阴暗。这种美丑合一的矛盾，姑且杜撰一个新词，称之为"蝴蝶现象"吧。

"矛盾是智慧的代价。"（钱锺书《论快乐》）在识破蝴蝶现象之前，人们对蝴蝶已存美丽的初始印象。蝴蝶现象被识破之后，人们的审美感受，就像天平突然被拿去了砝码，顷刻就发生倾斜。有的人在观赏蝴蝶时，会竭力不去思想其"家庭出身"，希求乌托邦式的美的完整。除了侥幸的疏忽或遗漏外，还可能突出"矫枉过正"式的嫉恶如仇。著名诗人臧克家先生，原先也喜欢蝴蝶，对"蝶来风有致，人去月无聊"之类的诗句，也颇赞赏。抗日战争时期，他家居重庆乡间，辛辛苦苦种植了一畦蔬菜，竟在一夜之间就被菜青虫"享用"个精光。从此以后，他便变得视蝶为敌，见蝶即打。蝴蝶美感之于他，尚存几许？

用科学的尺度衡量艺术，本属无可厚非，但从审美和艺术创造计，我以为科学之于艺术，最好能够采用一种"若即若离"，或者"难得糊涂"的态度。因为严谨与浪漫，实乃烈火与坚冰。或许可以这样说：艺术创造，在于非艺术因素的合理解除。

蝴蝶现象，至少明确地启示我们：科学向艺术渗透，艺术向科学靠拢（比如艺术摄影），会产生相当数量的美学课题；艺术是一回事，功利又是一回事，任何"偏斜"，都是艺术的片面。但在某种情势下，"艺术片面"，还是艺术创造之需，而要求艺术尽善尽美，往往会出现创造上的矛盾。艺术美，除了纯洁美（如春兰、秋菊）之外，还有芜杂美（如蝴蝶、一品红）。甚至很多芜杂美，给人的审美感受，会比纯洁美来得更生动、更丰富、更深刻和更强烈。

# 壶　　念①

　　*读壶要点：是否结实；是否工细；是否有生气；是否色彩配搭顺眼；是否价格合理。*

　　　　　　　　　　　　　　　　　　　——某位壶艺大师

## 1

　　寒舍茶几上蹲一具朱砂壶，浓浓淡淡，凉凉热热，沏茶泡茶已经年，非同一般的茶壶也。

　　数月前那个子夜，夏室蒸热，我横竖浅睡不稳，于是，也不开灯，就起来，摸着黑，独斟壶中残茶解渴。一不小心，形容不出那个落地声，壶盖就落了地，我想肯定摔碎成十或八九的，当时就一激灵，承受了个刺激，木木地呆着，在夏夜深处怔了半响。遂想，年来月往，壶人相对，晨晨昏昏，一直何其圆满啊！没承想，今日竟结局如此。

　　壶盖碎了，壶身只好空空地坐着。长空总不好啊。翌晨，无奈的我只好弄一只白陶瓷杯盖权作填空，盖上后远远一瞧，真个幽默滑稽有余，端庄和谐不足，每当人壶相对，心头，总涌上一股难言的情绪，或

---

① 载于 20 世纪 90 年代末《作品》杂志。

许就是时人所说的失落感吧，每当饮茶时分，就烟云一般，浮弥在心头。

我是多么怀念那具朱砂壶的完满。专家说，完美的朱砂壶，壶身上的气孔是要比一般瓷壶多的；散热能力呢，却低；保湿性能呢，亦好些。诚然，从如此的壶斟出的茶，那颜色，那味道，乃是白陶瓷壶或玻璃器皿所望壶莫及的。可如今，人在，壶却已残疾，纵然让你重新拥有一具朱砂壶，叵耐已是喜旧厌新的心境。

好办法，没有，另类的完整，抑或也比将就的残疾好，我想。于是，我便翻橱倒柜，找出了一尊蒙尘日久的白净瓷壶，暗想，聊先对付对付这日子。

越几日，邀友朋雅聚小酌，席中饮"孔府家酒"，酒好喝，我又新饮，而令我倾心的，却还是那壶形：黑釉光鉴，大腹便便，小口樱桃，宛然古典美人。席罢，我携之归家，泡茶当然不妥，插插花吧。于是，剪得一支野玫瑰，三下五除二，去赘叶出清奇，斜斜倚插壶中，花影壶形，便置于书柜之上，真个清雅古朴、美静活生，倒也千金不卖……然在赏玩之余，我仍念那壶。

## 2

何以总能对我产生如此幽深悠远的魅力呢？这壶！

突想，人赏壶时，当读：壶？壶！那语感，可谓既超逸圆满，又古朴沉静，霎时即入隐逸古雅、中空内蕴、亦虚亦实的壶文化生态。

谁说只有盛酒浆抑或稻菽者，才够格称壶呢？状圆敛口阔腹之器，孔口单一者，方可作壶吗？埙，中无天地之谷物，人，若朝小孔吹一口气，反能将宇宙之气，呜呜然，呼呼然，漾将出来，我以为仅凭此，即便不看其形其状其态，也有充分必要的理由将之视作壶。

童年时，我那简陋清淡的青花瓷壶一般的家里，桌上曾蹲着状若古笔筒一般、可满盛1公斤多水的壶，天天用来沏茶，那时，是并无经济能力的，每至夏日，多数日子只能凉凉开水。田野间，我和小伙伴也曾拎此类壶作鱼器，装上半壶池溪水：三两尾手指大小的黄花鱼，就如淡远抽象的水墨画，游摆其间。倘若那壶还在，请画师画之，镶入现代油画框，必是既古典又新潮的风景。

其实，民间有些壶，本身就是立体的画，譬如，那鼻烟壶内的仕女图，古雅飘逸，意态若梦，装饰性十足，与林风眠先生和韩美林先生的美饰画，竟还十分相仿。

## 3

在我头脑中，能够日夜荡漾起装饰艺术意趣的，怎么竟会是这与湖谐声的壶呢？是紧张、木讷的现代生活，还该添些壶意，增些古朴高妙、清雅闲寂，方宜吧。

——那一些没有壶或者丧失了壶的日子，缺少了艺术意趣，竟是多么不完满啊！

山中光阴短，壶中日月长。天地何所似，空空一悬壶。每一个日子，其实都是可以似水一般艺术地注入壶的。那些日子，同样也可以如壶中活水，鸣唱颤跳，汩汩潺潺，专心而静气、小心而轻盈地斟将出来。你聆听见水声了吗？那是水声啊，尽管不那么连贯响亮，却也轻盈地荡漾，生气充盈。人生的光阴，从壶中倾斟出的愈多，日子自然就愈长，假如你嫌日子寡淡，欲浴天籁地气，那么，你就投一两撮名茶入壶吧。最难得的还是那夏深秋凉的日子：啜饮一口壶里的东西，那情，那景，那意，那味，才真真是教你怜爱体味至心疼矣……

# 为"绿色艺术"鼓掌①

*绿色艺术是源自大地、山河和湖海的良善艺术。*

——手记

以雕塑、摄影、绘画、书法乃至音乐、舞蹈等艺术形式表现绿色思想、观念和倾向的艺术作品，依我看，均隶属绿色艺术。绿色艺术是绿色与艺术的联姻。绿色艺术，忧患地球生态的恶化，批判人类中心主义，礼赞环境的纯净之美，呵护绿色之怡人。

不可否认，在人类既往创造的熠熠生辉的艺术宝库中，绿色艺术品，虽然时有，却一直是凤毛麟角。赏观祖国古代的诸多水墨山水，诸如被认为重理法、重写实、重质趣、重人文精神的宋代山水画，无论是峰峦浑厚、势状雄强的长卷巨制，高林清旷、气象萧疏的平远寒林，还是烟水迷蒙、空灵清简的"马一角"的山水小品，由于画师基于造化，师法自然，注重乃至醉心发现、观察、体味大自然的肌理内涵意境，因而，这些艺术珍品，譬如范宽的《溪山行旅图》、李唐的《万壑松风图》、王希孟的《千里江山图》等经典画作，除体现画师感受自然，以物度理，以理度性，以景度情，寄寓人生情感、理想，并渲染、洋溢中

---

① 载于《生态文化》2022 年第 5 期。

国山水画精神理念外，我以为其中亦饱濡艺术气息的"绿意"，这些沉吟自然的传世之作，画家在运笔赋彩之时，即便并无自觉的绿色意识，但笔下的自然山水，却已然成为画家心中纯净而理想的、寄寓思想的山水，显然臻入了人与自然"相看两不厌"的境地，因而，我深以为是蕴含着绿色意识的。

"从喷泉里出来的都是水，从血管里出来的都是血。"当代的绿色艺术，需要表现自然生态、社会生态和精神生态尤其是"三态"之间的问题，亟须艺术家在提高艺术技法和素养的同时，还能吸取绿色哲学，研究绿色问题，具有绿色意识，树立绿色使命，着力修炼为"绿色艺术家"，且敢遣和善遣"绿色"入作品。

当今这个生态时代，比任何时代都更需要绿色艺术作品，希望绿色艺术日益繁荣。不久前，我重读华君武老先生一幅漫画，垂垂老矣的林和靖，为寻走失的鹤，拄杖踱至一"农家乐"门口，掌柜竟拒人而答："鹤，早烹给客人吃了！""世界摄影十杰"之一新加坡华人摄影家陈立诚先生，在《大众摄影》发表过多帧大自然艺术写真，其中一帧《余晖》，丝柳五六棵，黄月亮一枚，人儿十几个，均无为悠闲，扑腾腾的是头上十三四只归鸦正欢喜闹叫着，乌黑均如剪纸，全不怕人，显然，众人对鸦并无一丝一毫"不祥成见"，更无任何欺侮自然之势。我想，这不就是人与自然平等相处之缩影吗？

绿色艺术有赖于"绿色精神"的强力支撑。一个艺术家，倘若胸怀自觉的"绿色之心"，那么，他的作品，必洋溢着和善，辐射绿色魅力，艺术境界自然也低不到哪里去。

我喜欢日本大画家东山魁夷绿意透浸的自然风景画，他的《绿色的声音》等名画，有一个共同特质，总是静静地浮着绿色意味，是那么生生不息，这些艺术境界高妙的作品之所以具有如此大的艺术冲击力，我想，除了依仗画师杰出的艺术功力外，会与画师心无挂碍、心有"绿色"没有一毛钱的关系吗？

　　近日，我在广州雕塑公园，惊喜地邂逅了一尊绿色雕塑：人的双掌，微弯相向，掌间呵护的，全是溢出掌间葳蕤的碧草繁花，雕塑基座并未标名字，我思该名《巨手护花》吧，如此极富启示性、警示性，境界深远的雕塑，是可视为人与自然关系走向和美的象征的。

　　伟大的艺术，都离不开风格的独特，否则何来恒久的艺术生命。艺术风格，缘于独特内涵的整合效应。艺术风格无疑也难以复制，但艺术风格的建构，却大可以移植，也可以通过内涵的叠加，甚至迭代，以呈现新的变化——艺术内涵的更新丰富。有心走进绿色领域的艺术家，基于对自己创作元素实施加法，融入绿色元素，依靠个人的秉性、气质和思想，我以为是完全可能成就绿色艺术的大建树的。

　　"绿水青山就是金山银山。"今天，国内的"绿色城乡"建设方兴未艾，许多"绿色"的城乡大广场日益涌现，与之相应，我相信，诸如"绿色雕塑"等绿色艺术作品，将与人类忧患和美好并存的未来一样，经由绿色艺术家的有心追求，不断出现。

　　我为"绿色艺术"鼓掌，时代呼唤"绿色艺术"，期待中国和世界，能够崛起独领风骚的一代绿色艺术大师群体。

# 悲悯核桃①

核桃之苦，与人脱不开干系。

——手记

## 1

你终于被砸裂，露出褶皱弯曲的心，如缺雨高原的纵横沟壑，也如洞悉天地人心的耳朵，更像盈满山之声、自然之味和天籁禅音的大脑，左半脑、右半脑俱在，教我敬畏，且心生难言的怜悯。

可我吃你时，却忽略了你皮开肉裂的声响，甚至未想到在吃"头脑"。一次，我竟由核桃想及古老的吹奏乐器——埙，属木的埙不多，多为陶制，远大于鹅蛋，可有十几个音孔，核桃被砸碎就像埙破碎，作为种子，核桃被砸裂，不啻满盘碎屑残忍。核桃与扁桃、腰果、榛子并列为世界四大干果。核桃的种类繁多，有黑核桃、红核桃和别名有元宝、蛤蟆头、漾濞核桃等的铁核桃。铁核桃奇形怪状，先端尖锐，棱脊也不规则，皱褶沟却深刻，壳隔坚厚，取仁至难。倘若你砸烂的是欧洲

---

① 载于 2024 年 1 月 10 日《中国环境报》；中国作家网 2024 年 1 月 12 日转载；"今日头条" 2024 年 1 月 19 日转载。

人眼中的"红色多瑙河核桃"——红核桃，那你面对的，则是破碎、冷凝的一腔"血"。

核桃硬如铁球，硬得无私、顽强，因而，人欲分裂，必用石头、铁锤等暴力手段砸开，由于那壳硬而滑，时而砸偏，就会砸痛手指。

这时，会对比想起诗人余光中笔下的水蜜桃，那丰腴、圆润、粉嫩、吹弹可破的水蜜桃，瓷白、细腻的雪肌，掐得出水来，而且无须砸什么壳，你只需剥开其纸一般轻薄的外衣，就体验了什么叫"忙了舌头，闲了牙齿"。

## 2

核桃如此的境遇，离不开其个性坚硬的宿命形貌。倘若像龙眼、柚橘，不同样有皮有脸、有壳有肉吗，何以要长成凝聚人间苦难的怪异壳样？

艾青在《山核桃》中这么形容它："一个个像是铜铸的/上面刻满了甲骨文/也像是黄杨木雕刻/玲珑透剔、变化无穷/不知是天和地的对话/还是风雨雷电的檄文。"

壳是核桃的生命之盾，在我看来，唯有了这最坚硬的盾，才能守护最容易受伤的生命，诚然，也是为守护心事。评论家、作家王兆胜在散文《核桃心事》里说："核桃，可能是心事藏得最深也是最隐秘的果物。"人有心事，动植物难道就没有心事吗？

想那核桃初修成正果时，被护卫得更是严密，还完整地裹一袭厚实的皮，椭圆或近圆形，径四五厘米，外皮光滑且茸毛柔软，灰绿色，偶泛黄白斑点，肉质的果皮下，内骨质果皮（即果壳）上已纵横沟壑，此时的种仁，已是脑状，轻微地泛出黄褐色。

核桃，该是已有了什么隐情，或已预知世情沧桑，才长成如此的吧。

## 3

作为寿命可逾百年的大型落叶乔木、雌雄同株的植物，核桃犹同大地上坚忍朴实的农民，对自然环境的要求，并不苛刻，一般花期5月，果期10月，开的雌花更是小得不起眼。

如此一直自发、自由、自在、自适、自我生活在天穹下的核桃，自被人类盯上后，命运的河流才拐弯转入厄运，而一切，都只是源于药用价值吗？

《开宝本草》称，食核桃"令人肥健、润肌、黑须发"。以核桃仁入中药，可治疗腰膝酸软、失眠健忘、气血不足等。实验表明，喂大白鼠核桃，可降血脂，延缓衰老。

传闻古罗马人将核桃与罗马神话中集美貌、温柔、慈爱于一身的天后朱诺相联系，而且，罗马人举行婚礼时也要向新娘和新郎扔核桃，祝福他们孕育新生命。

中国民间更是盛传吃核桃可以补脑，而现代研究确实表明：核桃含有神经传递素36种以上，除可呵护细胞正常代谢外，还可增强细胞活力，让脑结构物质变得完整，可防止脑细胞衰退。

哈佛大学、巴塞罗那大学等多所大学的研究人员，基于巴塞罗那12所高中为期6个月的随机对照试验，也证实吃核桃有助于改善人的持续注意力和流动智力，这项研究成果，已刊登在医学权威杂志《柳叶刀》上。

谁能说核桃，仅是人的"精神药"呢？

## 4

"有棵核桃树生在路旁,结了很多核桃,路过的人们都用石头去打树上的果实。核桃树暗自叹息,'我真倒霉,每年我给人们带来了果实,却为自己招来许多侮辱与苦恼'。"以前读伊索写的这篇寓言《核桃树》时,我曾想:莫非在植物果实中,核桃是最受苦受难的吗?

核桃,其实还一直默默地在承受心内伤,且是被自我"分心"。除了内无隔壁的心形姬核桃,你可以取出完整的果仁外,我所见过的核桃果仁,全都是被"分心木"所切分着的。

所谓"分心木",乃木质隔膜,略泛光泽,棕褐色或棕黑色,多弯曲,质脆而易断,片薄如刀。中医说其具有镇静安神、缓解焦虑、辅助睡眠的功效。谁曾想过,核桃好端端的、完完整整的心头肉,竟要被"分心木"所切分。别的果实如葡萄、苹果,即便是水蜜桃,它们之心,何曾"享受"如此的瓜分?

我不想考证"分心木"名字来源的深意,却坚定相信只要是心头肉,被切分,就会疼。

## 5

有一本介绍中国核桃雕刻的小书,让我大为吃惊,民间艺人,竟可在小不盈寸、横截面还布满不规则空眼的核桃上,广施凿斧,生动刻画出动物、人物、神仙、神兽等,据说核桃雕刻乃吉祥物。

其他雕刻如木雕、浮雕,创作时或许多少有些随心所欲,而核桃雕刻,如何巧借"自然",见缝下刀,"毫厘之间,刻出大千世界之妙",工艺难度之大,可想而知。

核桃雕刻中最冷门的是镂空雕法，艺人巧借不规则的核桃壳纹理，求疏朗剔透，如果刀法不能巧夺天工，又何能示众盈盈珍品，又何以产生核桃雕刻圈的口头禅"不雕不贵，一雕翻倍"？殊不知如此一来，反而使核桃不只受皮肉之难。

《庄子》里有个故事叫"浑沌凿窍"："南海之帝为倏，北海之帝为忽，中央之帝为浑沌。倏与忽时相与遇于浑沌之地，浑沌待之甚善。倏与忽谋报浑沌之德，曰：'人皆有七窍以视听食息，此独无有，尝试凿之。'日凿一窍，七日而浑沌死。"好端端一个只懂施予善，从未想回报的浑沌，当然也是不想伤害他人者，竟被出于"己心"者，大施斧凿而亡。这镂空核桃雕，与浑沌的命运，何其相似！

"核桃大树古风悠，虬干苍皮绿叶稠。"自由自在、生生息息于山野的核桃，可是虎狼也不太敢一口吞食的……

# 精神的树，神幻的树[①]

*胡杨，是生态恶化背景里最具理想主义和现实精神的英雄！*

——手记

## 1

胡杨，维吾尔语称"托乎拉克"，意谓"最美丽的树"。

胡杨很早以前就已是伟丈夫。它为杨柳科杨属，落叶乔木，高大的成年树干可达 30 米，三四个人才能合抱。据敦煌出土的胡杨化石推算，胡杨实乃六千多万年前就生长于古地中海的残遗物种，可谓"沙漠活化石"。在内蒙古西部的额木讷高勒流域生长着不少胡杨。

胡杨仿佛是长在艺术殿堂里的树，超现实的树。在大西北环境最恶劣的地方，灰褐色的树皮皴裂如沟壑的胡杨树，虬曲苍劲，有的似骆驼负重，有的如龙蛇蜷地，有的似狮虎曲踞，有的如骏马哀鸣……即便匍匐于地，肢断骨折，在天幕下，也依然挺起不屈的脊梁，犹同黄铜雕像。

---

① 载于《散文》2011 年第 2 期；入选孙昕光主编《文学鉴赏》（第二版），高等学校通识课程系列教材，高等教育出版社出版。

在面对胡杨的瞬间，即便再伟大的心灵也会震颤，心灵得承受庄严与神圣的锻打，会彻悟什么才是生命的最高境界，什么才是尘世的壮丽与永恒。

你抬望眼，问辽阔的苍天，胡杨何以会"出落"成此番模样？

苍天无语。植物学家却说，成龄的胡杨，在水分充足的环境里，树干其实应该是可以挺直的，犹同青春饱满的胴体。

胡杨出落成如此的模样，主要是"客观"环境使然。

塔里木河流域年均降水量仅 116.8 毫米，蒸发量却在 800—2 200 毫米。包围胡杨的空气，干燥得简直就是智利诗人聂鲁达笔下干燥、赤裸和灼热的金属。而我们的胡杨，没有送水的园丁，没有方块汉字的杏花、春雨、江南，有的只是黑色的夜气的冰凉和单一的白天的酷热，夏季，沙漠表面的最高温度可逾 70 摄氏度。

衰老的胡杨终于无法抗击如此的人间环境。得不到起码水分的胡杨只好自行"壮士断臂"——放弃提供某些枝条的给养，以维持最低限度的生存。黄风卷地。大风刮掉得不到水分的老枝，"伤口"形成的树结，犹同战士征战留下的疤痕。

令你难耐的更有那烤树的白沙，在夏日，还会幻化成远逝的塔里木河水，白白地、冷冷地流。入冬季，荒原茫茫，朔风浩浩，极端气温低至零下 30 摄氏度，更有沙尘暴。如此的盐碱地带，如此的戈壁瀚海，如此满目萧瑟的环境，本是无法成为树的家园的，然而，竟宿命般成了你胡杨的"家"，你竟只要一息尚存，就依然屹立，教生命延续、繁衍……

> 凄凉里含悲壮，
>
> 孤寂中显倔强，
>
> 胡杨啊……

## 2

胡杨之所以如此倔强，是因为其拥有非同寻常的根，伟大的根。

植物学认为，根，从总体而言，是植物长期适应陆上生活进化而形成的向下生长的器官。根以吸收、输送、贮藏养分和固定主干，作为自己的"生命职能"。

别以为所有的根都隐藏在地表下，这地球上，也有植物的根以空气为家，更适合长在空气中，甚至有向上生长的根。也并非所有的植物都有根。世界上只有约五分之二的高等植物拥有真正的根，有些低等植物的看上去似根的东西，其实并不具备根的构造，是假根。

根的家族，由主根、侧根、不定根、攀援根、支柱根、呼吸根和寄生根等构成。

根——胡杨的生命支柱，难道还不是其精神得以挺拔的根源吗？

胡杨的根，以深扎、撑起一片生命的绿为自己的使命。胡杨的主根深可入土 10 米，侧根则宛如章鱼的触须，伸长范围可远达 30 米。胡杨的根练就了从深深的地层吸取和贮运水分的能力，细胞不受碱水的伤害；细胞液反因其浓度较高而可从富含盐碱的水中吸收水分和养料。

胡杨更能从自己的根部直接萌生幼苗。由于根随水走，所以胡杨无形中就成了一种随河流走的植物。沙漠的河流总在频繁变迁，呈脉状细线，因而胡杨的"足迹"在沙漠中相应也就呈现线状分布。

谁还能否定一棵棵胡杨是人间男儿呢？胡杨其实也一样有泪不轻弹。当然，胡杨一旦被断臂折腰，在断口处，也会溢出一股清亮的液体，犹如人的伤心泪，这就是俗称的"胡杨泪"。胡杨泪经氧化、蒸发留下的白色（或黄色）结晶物，便是胡杨碱。胡杨碱是发面的酵头，也是治胃病的良药。

走近胡杨，你还会发现其嫩枝上，也有密生的水一样柔情的细柔的、脆弱的毛，紫红的梦似的披针形的花，长长的椭圆形的果。

胡杨难道还不是有梦的植物吗？

——胡杨梦委实就是绿色梦。胡杨梦，总幻变在性情独特、风流的叶上。

记得一位作家在散文《阿拉干的胡杨》中说，他在阿拉干一片枯死的胡杨林里，遇到过两位年过百岁的老人，他们被认为是最后的两个罗布泊人，即两千年前建立过辉煌的楼兰绿洲文明的楼兰后人。那位叫亚生的102岁的老人说："胡杨在我们的叫法中，还有一个名字，叫三叶树。它的底部长的是窄长的柳叶，中间长的则是圆圆的大杨叶，顶部是椭圆形的小杨叶。三种树叶奇怪地长在一棵树上，所以我们叫它三叶树。"

恐谁也难以预料的还是这三叶树所表现出的神性。楼兰人说，活着的胡杨，在整个夏天，片片叶子的颜色都是纯粹的墨绿，但是一到金秋某天的中午十二点，假如天上恰好有太阳，胡杨林就似突然接到了神谕一般，所有树叶都在那一刻就呼啦啦地变得金黄，满树金灿辉煌。

更令人惊异的，是在塔里木河和额木讷高勒流域，千百年来，还流传着不变的对胡杨的神异赞誉，这赞誉就像佛界寓言——胡杨是具有三条命的树，是具有三个千年的化身。

胡杨竟可活而一千年不死！

胡杨竟可死而一千年不倒！

胡杨竟可倒而一千年不朽！

——我突然就觉得"大漠孤烟直"里的烟，该是枯死依然不"下岗"的千年胡杨遥远的、柔软的幻象。站着死的胡杨，在灼热得快要着火的哗哗作响的空气里，远看怎么也有资格像直直飘升的烟。枯死了的胡杨，枝干如铜铁，倔强峥嵘，依然以裸体的、空心的、干裂的语言，向沙漠发出尽量辽阔、犹带湖水清凉的呐喊。荒漠给了自己褪绿的身躯，怎能不用它来绿化荒漠？怎能不以之呼唤绿色？不为己名、不为己利、不求死卧、仍求死站的胡杨，不就是出征未捷身先死的大将军吗?! ——作为人，面对胡杨，你我只能剩有羞愧。

## 3

作为生命，胡杨终究是会倒下的，甚至只有倒入沙漠千年不朽的胡杨，才能更显示经历淬火苦难而后生的真英雄本色。

只要绿色还不够绿色，只要沙漠依然是沙漠，即便我倒下，我仍伸出无声的手臂，企求绿叶再生。"记得有一棵树看似已经死了，但在树身一人高的地方，却令人感动地生出几片绿叶。"即便我连几片一张一合发言的叶子也没有，我的根，依然是铁骨铮铮发力的手指，在紧抓冰冷的流沙。——面对胡杨，作为人，我只能检视对信念的捍卫还有多坚定。

胡杨难道还不是"精神性"植物吗？而且其不乏黑色的悲壮。

精神是什么呢？

精神是对生命意义的不竭追求，是对风沙肆虐、夜色垂涎的苦难的抗拒、反击和挺进！精神是对自身价值的体认、肯定和塑造，是对绿色之梦的孕育、呵护和永不忘怀，是立正、向前、向上和无所畏惧的求索，是追寻春天鸟儿的鸣唱、珍爱中秋明月的团圆，是独立、健康、倔强和永不退缩、至死不渝的坚守。作为胡杨，这种精神还与水、与忧患、与苦难、与人类和地球村的命运筋骨相连、血肉相亲。

精神成了铮铮铁骨的化身，成了宿命的以生命创造绿的美善行动。

即便作为胡杨的我死了，我的精神仍在雄起，我绿叶婆娑的雄伟形象不会死。

精神——崛起于艰厄，萎靡于逸乐，我的胡杨啊！

4

如今，在地球村，在中国，在沙海，严酷的现实已使倒下千年不朽的胡杨，也凤毛麟角了。

> 白沙如雪。
> 我心忧忧。

我无法想象，在塔里木河和额木讷高勒流域，竟长期生长过这世界上连片无边的面积最大的胡杨林。据考魏明帝曹叡诗句"弱水潺潺，落叶翩翩"所咏的，就是额济纳胡杨林深秋黄叶纷飞的景象。当时的胡杨林当然是鸟兽的乐园，抵御风沙的屏障。50 年来，那里的胡杨林叶落残照，是何其迅速地衰败萎缩啊；塔里木河下游的胡杨林，在 20 世纪后 50 年，已由约 38.7 万公顷锐减得仅存约 10 万公顷，栖息其间的野生动物几乎绝迹。

生命力如此顽强的胡杨，在看似强大的人类面前，在日益恶劣的环境之中，在无法摆脱的悲惨命运的掌控之下，尽管越来越少，却依然不低下头颅，依然进行着悲壮的抗争！谁能说胡杨不依然是大漠英雄、不依然是"沙漠的脊梁"呢？

> 胡杨啊，
> 依然慨然让雪光、残月挂上树梢，
> 经磨历劫，立地顶天……

胡杨已沦落成生态环境江河日下的"消息树",在今天!

胡杨一天天"倒下去"的原因,除了雪线不断上升,冰川不断退缩,更多的,还是人的盲目垦荒,地下水位的剧降……嗟呼!风沙肆虐,土地沙化,人潮汹涌,生态灾难急剧蔓延,西天半轮残阳如血……

在无法生活的严酷的环境里苍苍绿绿地生长一千年,在无法站立的动荡沙砾里铁骨铮铮地死而站立一千年,在无法不朽的地方即便变成枯树,也要昂起不屈的头颅、挺起不折的脊梁,向宇宙洪荒发出最后的长吼,即便短吼,也要不朽一千年——胡杨啊!

你本不该成为地球村的英雄树,然而,你却又更应该成为地球村的大英雄,更应该成为在地球村无限生长,并朝地平线那边如无边的潮水般迅速奔涌、扩展的神幻的林子……

可爱可敬又可叹可悲并可恨的、具有独立精神的、神幻的胡杨啊!

一棵棵胡杨倒下去了,千万棵胡杨站起来,如此的生命景象,如此的精神现象,在这人的世界,还可能成为现实吗?……

# 真实而迷幻的蒲公英①

蒲公英是善于将使命幻化出飞扬精神的植物，是自然与精神融合的植物……

——题记

## 1

蒲公英生活得并不容易，何也？既背负人类情感，也在给自己赋予使命，而对蒲公英的认识远离人类中心主义，之于我，还是晚近的事情。

童年的故乡，在田间，在山地，为采兔子草，我经常寻觅蒲公英，我们这些小伙伴都叫蒲公英为"鸡肉草儿"（我至今不明白何以这样叫）。我领三四岁的儿子拔蒲公英喂兔子，仍称它是鸡肉草儿。某日偶然得知它竟就是蒲公英时，真是既惊又喜，感慨良深，还吟咏过几句：

找了许久我才知道，

蒲公英——原就是你！

我曾常常在你身边走过，

---

① 载于《广西文学》2020年第11期；"网易"2020年12月11日转载。

竟一直叫你鸡肉草儿……

源自童年的蒲公英情结，使我在 20 世纪末已有幸在《美文》杂志发表写蒲公英的短文，以辞典式斑斓笔法，但我仍觉得写得不过瘾，近年我又在写蒲公英，可开笔后笔墨却难以为继，何故？我已意识到蒲公英的内涵太深奥、太复杂。

我当时刚读到普里什文这段话："这种情况，什么也不用想，提笔就写，比如，写一只松鼠爬过原始森林，如实记录，与自己的内心活动全无关系，记下来一看，竟然也很好。在这方面要反复练习，因为在我看来这不是自然主义，而是某种复杂的单纯。"（《复杂的单纯》）我想这种境界，我真是望尘莫及……近日我还悟出，要写好蒲公英，须将自己（人）与蒲公英（自然）的关系理通、理顺，可我一直偏偏搞不通顺——这绝非小事！依我看，但凡自然写作，在作家笔下，人如在思想上未能建立起与自然至少是接近和美的关系，作者的姿态就不可能放低，文字，是断然无法上升到应有的生态高度的，当然无法写得满意，唯一的做法，就是：放下。其实人活着的不易和蒲公英的不易还是相似的——都要承受生态法则或明或暗的制约……我这一类想法并不高深，还不悲悯，但却教我的心头之"瘿"，开始消散……

蒲公英当然不长瘿，因其不是树——瘿是什么？是树瘤。瘿木又叫影木，不专属于哪一树种，它是树根部的结瘤，或树干上的囊状疤结物，是植物被病菌、昆虫、叶螨、线虫等寄生后形成的东西，也可以说是机体组织受病原刺激的局部增生。将瘿木剖开，即可见因树种质地不同而呈现的不同花纹，形如葡萄纹、山水纹、芝麻纹、虎皮纹等，确乎也美，却是林妹妹一样的病态美——须知长瘿即长疖，这对躯体、对精神，都是病。

"病"是走向"死"。与"死"相反，中国的山水美学，尤其传统中国画，竟一派盎然生气，张扬的，总有"生"，生命意识强烈。中国传统哲学就是极其讲"生"的哲学，"天地之大德曰生"（《周易·系辞》）。儒家主张"仁"，由仁爱人，扩而大至爱天地万物，以仁爱将天、地、人一体包揽、浸染。

回看眼前这穹庐底的蒲公英，倾其一生都颤摇在风里，不也在倾身心之力为"生"吗？

2

蒲公英的根据地并非只在中国。蒲公英的适应能力、抗逆能力都强，也抗寒耐热，蓊蓊郁郁地生长在地球村许多地方，那中低海拔的山坡、草地、路边、田野和河滩，就是蒲公英的"户口常住地"。

蒲公英可是"伴人植物"，说起来凡有人类踪迹的地方，都可见蒲公英欣欣向荣的身影。春初，你家篱边阶下新老罅隙在长蒲公英，村野塘畔、田头地尾，蒲公英已青绿。那维也纳金色大厅附近的勃拉姆斯坐像前，布拉格的列侬墙脚下，你都曾见蒲公英。你印象最深的还是在童话般的瑞士，那和梦一样宁静的湖岸、山麓和草甸，你都与蒲公英互相发现。有一天黄昏，是你第一次在名校苏黎世联邦理工大学坡上邂逅蒲公英，你一时喜不自禁，竟脱口大叫："啊，蒲公英！"

蒲公英伟岸吗？作为菊科多年生草本植物，还真谈不上伟岸，但却是大地独具个性的小棉袄，如同普林尼说过的那样，自然中最渺小的事物最卓越。

蒲公英的叶就颇具性情，总是雷打不动地从根部横贴地伸展，叶片宽厚，长4—20厘米，宽1—5厘米，绿意纷呈，温暖着大地，叶端或钝或尖，边缘或呈锯齿状、羽状深裂、倒向羽状深裂，或三角状戟形，叶柄上的主脉总泛红紫色，疏被蛛丝状的白柔毛——似热烈，实安宁，还丛生成莲座，宛若鸟羽簇拥，展翅欲飞。

其茎同样颇具特色，从叶鞘抽生而出的一枝枝鲜嫩花茎，初花期嫩茎竖直，你以手指掐之，宛如乳汁的白色汁液就一滴滴渗透而出，你舔上一口，顿时感觉含有春天的微甜，略带青涩。

蒲公英是所有的茎都朝上吗？也不是，地下那长短不一的匍匐茎，茎上的芽一旦破土，一样可出落成天空下一天天深化的绿……

不知你注意到没，小黄花的颜色渐褪后，蒲公英就开始为种子准备飞行平台，花柱上，不久就出现蓬松的、毛茸茸的球，这茸球状的种子集合，被长长的茎所支撑，伸向天空，这就是一朝花谢后将走向远方的种子团队……"智者顺时而谋，愚者逆理而动"，让人莫名赞叹。

令你别样感动的，是蒲公英浓密叶丛下，那扎向土壤深处的肉质的根，尤其是扎入寒冷贫瘠土地的根，总寄望于深入 15 厘米以上。高海拔处的蒲公英，更希求有长长的、粗大的根。这略呈弯曲圆锥状，大多长约一指，皱缩，表面棕褐色的根，犹同老人手指般皱缩的根，倔强的根尖部位，竟长着棕色或黄白相间的茸毛。

蒲公英也不是一根筋只埋头深入土地，也会关注平和的风、蔚蓝的天、宜人的温度和他乡的云。

如此不对命运低头、面对艰辛却保持本色的蒲公英，一直取超然姿势，以自己的悲悯和对尘世的理解，背负使命，身体力行，力促生态平衡。

幸好大自然对蒲公英，一直是那么公允、公平。

然而，蒲公英高贵吗？想起家藏一本周瘦鹃著的《花语》，翻过几页即是《无名英雄蒲公英》，在周先生笔下，蒲公英不但无名，甚至"出身太低贱了，虽也会开黄色的花，而《群芳谱》一类花草图籍却藐视它，不给它一个小小的位置，而它不管人家藐视不藐视……贴地而生，开出黄花来，又名黄花地丁"。

蒲公英既然拥有如此美好的名字，更有同样响亮的诸如婆婆丁、华花郎等诸多芳号，这岂不等于在说明——任何生灵，即便再低贱卑微，也仍可能广被关注，更影响不了其永远是生态链中不可断裂的一环。

3

蒲公英有种吗？明摆着，蒲公英早就因顽强生长、繁殖能力强而赢得了尊严，我不明白自己何以会提出这样的问题。

况且，蒲公英除可有性繁殖，还能无性繁殖。

蒲公英能无性繁殖，是几年前偶读绿皮书《植物记》知道的，不禁惊叹：蒲公英在尘世能安身立命，根本原因是其有办法艺术地孕育种子，而且将性的文章，艺术般幻变至极致。

不管是否与风云雨雪有关，我只认为，这是蒲公英在特定生存环境下的伟大演化，包蕴着伟大的自然律！

何况，蒲公英无性繁殖的方式还多种多样。

你将地里刚挖起的蒲公英根切成两三小段，置于湿纸巾上，七八天后，必见每段节根上，都长出了芽。

蒲公英也有水稻般的"分蘖"能力，一株小苗发芽后，几个月，就长成了抱团的一大丛。有些蒲公英的匍匐茎，地下活动更是频繁，可以快速蔓延。

低海拔的蒲公英一般是有性繁殖，高海拔的才主要依靠无性繁殖。如气候环境太恶劣，花朵都无法开放，蒲公英甚至可以通过卵细胞直接发育出种子。假如寒冷得连眷顾传粉的蜂蝶类"月下老人"也不见一羽，蒲公英就会演化出单雌花，这意味着不必授粉，种子也可以成熟。

类似蒲公英这样可不需要雄性精子就可完成的繁殖，植物学上有个专门名词，叫"不完全无配生殖"，即植物学家本哈特幽默命名的"处女生子"。我揣摩，"处女生子"必是蒲公英在无法有性繁殖时的预备方案，并不排除顶端的花朵可异花传粉。

环顾尘世，能如此"双性繁殖"的生物并不太多，这表明蒲公英是真有适应尘世的智慧，否则焉能修成正果？

非常有意思的是，如果你细赏蒲公英的花，你可见其是由众多宛如舌头的单花瓣组成的，"舌状花"开放两三天，昆虫一传粉即闭合。

作为多年生宿根性植物、野生条件下初夏开花的植物，蒲公英开花的朵数，会随年岁而增多，但单株开花数都在二十朵以上，花盘的外壳由绿变成黄绿，呵护种子由乳白变成褐色。蒲公英开花 13—15 天后你再细看，那日渐伸长的茎，宛若梦幻般撑起的黄色伞们汇聚成的羽毛状花球上，已缀满成熟的种子，如此的羽毛状花球，迷幻似梦，半是艺术半是性，是最便于风传送基因至远方的"装置"。

若问：以上附丽的我对蒲公英的彩色想法及情感，算不算人类中心主义？

要回答这个问题，我以为需先建立一个思想和行为尺度：如果你认识自然，对自然物的研究、命名和精神附加，是出于拜识、欣赏和呵护，是基于良善的认识情怀，是美的、真的，那么，即便再多，也绝不可能是人类中心主义的，因为这一切源于你对自然万物的爱，如同你研究虎踪，若是为了护虎、保护生态，那么就百分之百是善事，就该倡行；倘若你做的一切是为捕虎、杀虎，是恶，则非人类中心主义莫属。

4

我写这篇文章，绕也绕不开的，是蒲公英何以会成为希望的象征。

或许，是因为人生在世，即便天天快乐，人也仍需胸怀更美、更大的理想，抑或心有仰望、瞻望的物事，这便是所谓的希望，与内心深处想飞的冲动有关，而希望又需要个替代物，蒲公英恰好合适，所以就选中了她。

这当然与所谓的希望多数可以成为现实有关，犹同鲁迅先生在《故乡》所写："希望是本无所谓有，无所谓无的。这正如地上的路；其实地上本没有路，走的人多了，也便成了路。"

不管你有意无意，希望都如蒲公英。从植物学看，蒲公英被选作希望的象征，起决定意义的，主要在于其种子——迷幻传承着生命的传奇，非同寻常。

这并不奇怪，奇怪的是人类对种子的理解和认识，还远未达到应有的高度，更别说普罗大众会对种子怀有信仰了。先知梭罗在《种子的信仰》里说过他是对种子心怀信仰的。对蒲公英的种子，你认识不到位，能产生信仰吗？这犹如你并不认识这个人，能与之相思、相爱吗？即便蒲公英种子的迷幻降落伞，天天在你头顶的空气层里飞，飞出了精神，飞出了生态……

何况任何美好的希望，都会拖曳长长的影子。

> 我在甩袖无边的大荒原，收到来自布拉格的明信片；
> 我踌躇很久没有给你回信——不相信蒲公英会飘到你身边。
>
> ——艾青《致亡友丹娜之灵》

蒲公英作为喜欢湿润、疏松、有机质含量高的土壤的植物，多年生宿根性野生植物，尽管千粒种子才重约两克，轻至可以忽略，但也仍占飞行的重量，要飞离故土，漂泊传播，谈何容易……

蒲公英的种子，这寄寓着生命密码的种子，蒲公英一生都围着转的坚忍的种子，甚至能承受零下40摄氏度严寒的种子，一随风飞扬，长茎擎着的"花盘"即转入枯萎……蒲公英对此在意吗？不，依然果决地将一代代的生命托付给最不可捉摸的风……

我是一颗蒲公英的种子，谁也不知道我的快乐和悲伤。

爸爸妈妈给我一把小伞，让我在广阔的天地间飘荡、飘荡……

——电影《巴山夜雨》片尾曲《我是一颗蒲公英的种子》

你知道，蒲公英种子飞向远方，是恃有神幻的"绝招"。

你看，每一粒蒲公英种子起飞前，均吊生于"伞"杆的下端，一粒粒粘"插"在花盘上，似疏松的绒球。"伞"顶便是呈放射状的90—110根冠毛构成的伞状毛束。冠毛的前身是一根根细长的花丝。感谢冠毛，能使种子便于调整着陆姿势，利于种子竖立着地，果脐得以扎入潮湿的土地，方便发芽。饶有意思的是，"冠毛"一词即古希腊语"祖父"，是因其像祖父的胡须吧，其实也像自行车轮上的辐条，更如降落伞，可以似耍魔术一般幻变出令科学界惊叹的飞行机制——

原来，每根冠毛的间距大小都相同，精准得很，风吹"伞"飞，穿过伞状毛束的气流因为彼此摩擦，"伞"内的气流会比"伞"外略小，也稍慢，这样就使"伞"内外出现了气压差，形成了稳定而奇特的——"分离涡环"，如同你故乡河里的旋涡，可这"旋涡"竟会一直稳定地旋转飘飞在"伞"的上方，并且奇异地总与"伞"顶保持一小段距离，如未点破窗户纸的恋人般若即若离。正是"伞"之上这"旋涡"对空气和种子有着吸拽作用，所以就赋予了种子一股稳定上升的力，也能让种子降落伞减缓下降速度。

这真应了生态法则——自然界所懂得的是最好的。

蒲公英如此奇幻的飞行奥秘，由英国爱丁堡大学的研究人员发现，他们在垂直风洞中做实验，以高速成像技术捕捉到了蒲公英种子神秘飞行的"面目"，研究成果还刊登在国际权威名刊《自然》上。

倘若空气温湿，风速适当，蒲公英的种子甚至可以御风飞行至几百千米以外。

造化如此神奇，属世间罕见。风洞实验还证明：构成蒲公英"伞"的冠毛，唯有在90—110根之间，"伞"顶才能出现"旋涡"，冠毛多了少了，都不行！

5

写到这里，我突然想起生态时代人类一直讳莫如深的问题：是杀生，还是让生灵自在生长？这无疑是人类最无法回避、须切实面对的原初问题。想想，人类可能一丁点儿动植物都不食吗？更不可能一点儿也不违背丛林法则——认识问题的钥匙在哪里？我想杜撰个新词"生态索取度"来认识。

"生态索取度"是人类施于自然的"人工度"，如果人类是仅以维持这个物种的传续所需，对自然只有最低的"生态索取度"，尽管"生态物质伤害"和"生态精神伤害"仍有，我也认为这是正常、正当的，不违背生态法则，符合天地恕道和包容精神。

基于如此的标尺，那么，世人要适量收割蒲公英也未尝不可，并不影响生态平衡；用镰刀或小刀挑割，沿地表1—2厘米处平行下刀，割取心叶以外的叶片，当然也可一次性整株割取，让根部流出乳一般的白浆。

种子也可采摘，何时采摘最好？当花盘外壳由绿而变黄绿，种子由乳白色至褐色时最佳。花盘开裂时采摘种子，易散落。

或许许多人并不知道蒲公英是野菜。早春向阳的水渠边，蒲公英叶儿嫩绿，你用手掐住叶柄根部将之轻轻拔出，以溪水洗去泥土，挑除根须，入篮，拎回家丢入滚水中焯一遭，去苦味，拌盐，浇上酱油，还可滴几滴芝麻油，就做成了一盘特别的野菜。

多年前的那个夏日，我和妻在瑞士乡野间散步，一时邂逅蒲公英，很是惊喜，遂采嫩叶回家，洗净，切得细碎，做了一碟蒲公英炒鸡蛋，嚼起来略有苦涩，犹带韧性，口感新鲜，内容实在。

我搞不清欧洲人何以叫蒲公英"狮子牙齿"，据说英国人专摘其黄色小花，做鲜花煎饼，还有人取其嫩叶做沙拉，据说还是很健康的沙拉。在第二次世界大战时，蒲公英的根还充当过咖啡替代品。

须知，在我们中国人眼里，蒲公英更多还是中药，是中药材八大金刚之一。

《本草纲目》里记载蒲公英有清热解毒、利尿散结功效，现代医学研究发现蒲公英含维生素、亚油酸，枝叶中富含各种氨基酸和微量元素，能消肿、利尿。《医林纂要》也说其可散结和利尿，可清热解毒。蒲公英还可治急性乳腺炎、淋巴腺炎、疔毒疮肿、急性结膜炎、急性支气管炎和胃炎。给实验小白兔灌服蒲公英煎剂三天后，解剖，可发现其肝细胞及肾小管上皮细胞已显轻度浊肿，肾小管开始变窄。

我无缘学中医，然凭直觉却觉得中药与中国哲学其实颇为相通，蒲公英不也颇具精神性吗？其种子的飞扬，本质是"飘远"，实含散发之风，至于药效的散结、消肿，不一样在指示张合、敛散之象吗？

蒲公英委实是精神药也，甚至还是略带苦涩的药！

我曾听过一个故事，说一大户人家的独女叫朝阳，芳龄十七仍未找到心仪郎君，那天朝阳带贴身丫环上街游玩，有缘邂逅一英俊采药郎，没承想相视一笑，相互倾心，从此芳心即被俘走。

朝阳几费周折，探悉得采药郎叫蒲公，饱读诗书，由于父母早逝，家境贫寒，遂以采药为生，他"识得春风面"后，一样情怀解不开，一样日夜想见朝阳，却又心存自卑。

之后，朝阳禀告了父母这段情事，遭到强烈反对，然父母终究拗不过女儿，唯有勉强应允婚事，然而俩人成亲之后，父母仍对蒲公心存歧视，小两口只好浪迹天涯，在小山村落脚，以瓦窑为家。

瓦窑前的小溪畔，原来竟长满了幽蓝色的蒲公英。朝阳诞下女儿兰若那天，蒲公英的花竟开得烂漫而美丽。

可是，突然时局荡乱，蒲公被迫从军，竟一去十八年！

当战功卓著、官至大将军的蒲公回到家夫妻团圆时，朝阳却因喜悦激动突生大疾，弥留之际对蒲公说："好好照顾兰若。记得小溪边的野花吗？你带它们去前线吧，它们可当菜，也能疗伤，你们想我的时候，野花就会飞到你们身边……"

说罢，朝阳便如蒲公英飘逝入远空。蒲公只好带上兰若，也带着蒲公英种子离别瓦窑，从此，他无论行军打仗到哪里，都会将蒲公英种子播撒到哪里……

说来也巧，前几天我逛小区附近的超市，竟发现有人在摆卖蒲公英茶，这让我既惊喜又诧异，这离不开风的植物，原来竟也是茶啊……

回家后上网查，发现自己真是孤陋寡闻，蒲公英在地球村早已广受关注，"身价暴涨"，美国、日本的研究者认为蒲公英的营养价值之高在自然界极为罕见，其富含微量元素，尤其重要的是含有大量的铁、钙等人体所需的矿物质，其钙的含量约为番石榴的2.2倍、刺梨的3.2倍，铁的含量约为刺梨的4倍、山楂的3.5倍。蒲公英食品已开始风行于美、日。现代医学研究更表明，蒲公英还有抗病毒、抗感染、抗肿瘤之作用。

何以如此卑微的植物对世人竟有如此强盛之影响力，这一现象的背后，莫不是存在类似巫术相似律的关联？而已经风起的对蒲公英的关注，是否将给蒲公英带来无上限的"生态索取度"，成为前所未有的灾难？

这就是当今尘世的蒲公英，是天地间蒲公英的新境遇，不同凡俗、肩负使命的蒲公英，已被赋予沉重人生况味的蒲公英，未来的命运将变得如何？它会快乐吗？在这人的世界，它将飞扬漂泊至何方？……

# 胭脂梦似的荞麦花

*感恩大自然，离不开对一草一木的真善美认识。*

——手记

## 1

壬寅金秋，你到了鄂尔多斯，之前，你还未见过荞麦，只饮过苦荞茶，吃过荞麦面，荞麦面口感略显粗糙，不及小麦面精细雪白。在鄂尔多斯，当你知悉将到苏布尔嘎万亩荞麦种植基地采风时，竟颇不以为意，你的脑际当时联想及的，是秋风摇荡的小麦地，你甚至想，荞麦荞麦，不就是和大麦、小麦、燕麦、黑麦一类禾本科植物类似的农作物吗？

然而，当你站在苏布尔嘎万亩荞麦种植基地前，弥眼的景象，顿时彻底颠覆了你的想象——眼前哪有半点禾本科植物的影子，稻禾摇曳麦穗金黄，连个影子也乌有，茫茫无边的，全是蓼科双子叶小巧精致的开花荞麦，可比小麦有姿色多了。你一时就反省自己太自以为是，太想当然了，对荞麦（自然）产生如此的认知误区，无疑是人类中心主义的表现。

当时是清晨，作家们一个个进入花海，你却久久站在"岸"上，你被眼前簇簇拥拥、摇摇曳曳的荞麦花"震住"了……你开始慢慢走入花枝招展，花海，即刻就簇拥你，开心迎迓你，露珠在有序抖落，很真实，湿你的裤脚。

围拥你的荞麦，茎秆纤细，绛紫色，准直立，粗五六毫米，茎至顶端分枝，株高及膝及腰者居多，袅娜多姿。叶显翠绿色，互生，叶尖由三角形始，至基部几成心形，如此的叶，与其说在呵护绽放于秋风中的小花，还不如说在呵护本身也似梦幻的花……凭直觉，你感觉这露珠晶莹如无数小太阳的花海，这清纯、纯粹、清澈、连连绵绵的荞麦花，必有独特的内涵。

你正这样想着，即见一只蜜蜂嗡嘤吟唱着朝你飞来，不远处，三两只蝴蝶的细脚，已踩上颤抖的花瓣，你下意识地弯下腰，伸手抚摸起荞麦花，花儿湿润润的，有些柔软，也有些沾指。

年轻时，你就喜读《植物学》，对花卉饶有兴趣，群芳的倩影，陷入记忆深处，仍多梦痕，而眼前的荞麦花，可是单被花，五片花瓣，虽薄却娇嫩，冠状，花相整齐，尽管稍显细碎，却异常美丽。

然而，这万亩荞麦花，这延绵无边的迷幻梦色，是纯红？还是雪白？秋风微凉，你感觉到这是红红白白的嬉戏，抑或是粉艳浅红在混合，层层叠叠地轻摇……倏然你又觉得自己对色相的把握并不到位，你随即转身细瞧起荞麦花色来，这缤缤纷纷的色，是白吗？严格地说，是柔软的乳白，白玉兰花般的乳白，这红呢，是红如春天里无数的美人腮，岭南八百里桃花的粉腮红，你这时想到张岱的《一尺雪》："花瓣纯白，无须萼，无檀心，无星星红紫，洁如羊脂，细如鹤翮，结楼吐舌，粉艳雪腴。"你惊叹"粉艳雪腴"这四个汉字，真令人叫绝，太精准贴切，太适合形容这微微起伏的荞麦花海了！"粉艳雪腴"，似业经宣纸洇化过的，宛若胭脂色，这荞麦花海，就是胭脂色！外带几分娇俏，此等如梦似幻的胭脂色，如果入黄昏，与满天霞光相映，该美幻得让人如何迷恋和赞叹啊……

2

你是离开苏布尔嘎荞麦花海后，对荞麦的"身份履历"，才高度关注和认识的。作为蓼科荞麦属一年生草本植物，荞麦个性独具，战瘠薄，还耐干旱；绛紫茎，翠绿叶，白（粉红）花，黑籽，已颇具观赏价值。记得那天你与一片荞麦相看两不厌，那袅娜体态，宛如十六美人纤弱修长。荞麦果实是有点瘦的，倒也呈三角状，棱角分明，萌发力还尤其强。

荞麦生长期不长，各地的气候风土也会影响其种植，在我国北方，许多地方都是荞麦的家园，你走到亚欧的大部分地区，也能见到胭脂色荞麦花的斑斓。

千峰随雨暗，一径入云斜。日暮鸟飞散，满山荞麦花。
——温庭筠《处士卢岵山居》

你现在知道，荞麦的先祖是野生荞麦，野生荞麦属藤本植物，匍匐生长在高寒地域。荞麦还分甜荞和苦荞，苦荞你还未谋面。苦荞总在午夜开花，民间称之为"子夜花"，其花色也是红中略泛嫩白，显然也算胭脂色。

苏布尔嘎万亩荞麦是甜荞吗？当然是。甜荞可谓是荞麦的"普及版"。说起来甜荞花美幻的胭脂色，也属杂色，其花色家谱里，尚有绿、黄绿、白、红、粉、紫红等色彩，甜荞甚至可以呈现深深的玫瑰色。

一位当红散文家说，他的故乡陕北山野也有荞麦花，但故乡的荞麦花颜色粉白间偏黄，他说那是故乡的黄土地染色了荞麦花的基因；鄂尔多斯的荞麦花粉白间偏红，他笑言这是红土地渗进了荞麦花瓣。我理解，这是他的诗美说法，但的确，土地元素会影响植物的生长、影响颜色，光照和水分等环境因素，还有人的因素，也一样在影响花的发育和花色变化，荞麦花的颜色及色的深浓度，亦与花蕾期的人间寒暖有关。

植物世界依然奇妙，鄂尔多斯秋风里胭脂色的荞麦花，还多是两性花。荞麦花大多是两性花，单性花当然也有，但量少。单性花只能长出雄蕊，如果你有兴趣细看，你凭肉眼，也可隐约见到退化的雌蕊，依稀如淡淡的残月之痕。

3

荞麦花有国色天香的牡丹的富丽吗？显然无，也不带白玉兰扑鼻的香味，可依你看，荞麦花却百分之百是"母性"的，尽态极妍，彰显着大自然母亲对万物的恩赐。现实生活中，并非所有获得过大地和生活恩赐的人，都能心存感恩，然而，但凡恒存感恩之心的人，却大多遭受过饥寒，或许曾以荞麦充饥，他们对荞麦花，可能会常怀殊异之情，心存感恩，会常常关注、顾念。

> 唱起你的时候我想起了家
> 又是细雨清凉凉地下
> 漂泊的心中温馨的牵挂
> 我那小小儿的荞麦花
>
> ——歌曲《荞麦花》

"立秋荞麦白露花，寒露荞麦收到家。""出土到开花，八九（七十二天）就到家；十八天一抓，十八天开花，十八天结籽，十八天归家。"

"头戴珍珠花，身穿紫罗纱，出门二三月，霜打就回家。"

这些关注荞麦生长节律、顾念荞麦前世今生的农谚，既是民间对荞麦的依恋和感恩，也是对荞麦的丰富审美内质，犹带尘世温度的"应答"，包含葱绿的诗意，亦含荞麦的悲欢离合，以及对宛若云霞的胭脂色内涵的尘世感兴。

那天，在苏泊罕大草原荞麦地，有位散文家站在荞麦花丛中，手抚荞麦花，充满激情地唱起一首民歌：

> 三十三颗荞麦九十九道棱，妹子你再好是人家的人；
> 三十三颗荞麦九十九道棱，隔玻璃亲嘴儿坑死个人；
> 荞麦皮皮架墙墙飞，一颗真心献给你；
> 荞面饸饹羊腥汤，死死活活相跟上；
> 荞麦三棱麦子尖，妹妹长对毛眼眼；
> 荞麦开花一片片红，厚道还数咱梁外人；
> 荞麦开花乃是遍地白，咱老百姓光景富起来……

这首民歌，表白了对荞麦的关切、顾念，流转着过往生活的苦涩，歌词虽未强力渲染荞麦花的胭脂色，但胭脂色作为底色，不已全然隐入民歌的情感中了吗？

## 4

"天地玄黄，宇宙洪荒""寒来暑往，秋收冬藏"……世上万物，各有各的秘密，各有各的规律，各有各的面貌……作为大自然一分子的我们，对大自然的一草一木，我们唯有真诚对待，深入认识，才有可能科学地敬畏。

　　荞麦籽粒成熟后，外表墨黑如夜，形如三棱锥，内肉却呈乳白，一旦脱壳，即可加工成人间食粮，荞麦米可做荞麦米饭、荞麦粥，荞麦面粉适合制作花样纷呈的面食，如饸饹、面包和金黄色的煎饼，说起这些食物，我的感觉也像春天，很是温暖。

　　诚然，有人说荞麦花成熟的籽粒，并不怎么好看，味道还微苦，可依我看，个性独特的荞麦，已臻大美，深蕴生命哲学，大道至朴，一如尘世的芸芸众生，何况荞麦花本也浪漫，胭脂色的花朵竟可浪漫月余。

　　我是南方粤东客家人，但我理解，荞麦花与寒冷的北方气候、天宽地阔的大草原，与草原长调，与故乡，与童年，与苦难的过往，是密不可分的。北风其寒。我还是耽于想象：荞麦在地球村，在北方大草原，是如何承受生活的寒冷的？——柔弱且略显凄美的荞麦花，是如何适时绽放在一天天寒冷下去的空气里的？在无边的草原，寒风手挽手在无边的空气里浩荡，是万马奔腾，是谁也无法阻挡的冷冽，至深夜，穹庐似的天上，那明晃晃、奇大奇圆之冷月洒下的清凉月光，又是如何被风摆弄着，水样般无止息地碾压凄冷、小巧的荞麦花的？

　　荞麦花会索索发抖吗？绘画上有冷、暖色之分，胭脂色的荞麦花，在我的感受里，却非冷色莫属。网上不是有人将遍野荞麦花喻为远去、凄美与冷艳毕现的"嫁衣"吗？诗人早就惯常将荞麦花比作雪了，唐人白居易曾咏《村夜》："独出门前望野田，月明荞麦花如雪。"明代吴兆《别九华山二绝》亦吟："行行数里犹回首，秋雪满山荞麦花。"诗情画意中，如此寒凉、凄清化的荞麦花，雪感剔透的荞麦花，铺满山坡，是何其冷艳逼人，与世情生态，也真水乳交融了。

　　记得在鄂尔多斯伊金霍洛旗，著名散文家、书法家高凯明先生曾浓墨重彩并书一联："彩云飞，天生丽质；梅花开，玉洁冰清。"高老师说"主观上这是为'彩梅'写的，客观上说是为草原上的荞麦花写的也可以啊"，而依我看，这帧联句书法，委实是彩云与荞麦花的糅合，内里亦含荞麦花的姿色与风骨，"玉洁冰清"四字，不同样在寄寓荞麦花给人如雪冷艳的艺术感觉吗？

> 想起你的时候我常含泪花
> 心头涌上滚烫烫的话
>
> ——歌曲《荞麦花》

我已无法不将荞麦的枝枝叶叶全然视作"花"了，当然是饱含精神的花、奉献的花。事实上，所有荞麦类食物都是荞麦花在时间河流里的"化身"，甚至花的"接班人"荞麦壳，还被制成馈赠世人的颅下之花——"荞麦枕头"。

荞麦枕头有何功效？我要高调免费撰几句广告语了——

舒适的荞麦枕头，冬暖夏凉的荞麦枕头，富含芸香苷、兼具活性维生素的荞麦枕头，随头赋形，透气通气。头颅送枕头一分温暖，枕头回馈你几缕幽香。幽香悠悠，不薄不淡，扬清去浊，洁爽之风总萦绕在你的上头，芳香令君开窍，调和玉体阴阳，天天枕着入眠，更易实现胭脂色的梦想……

# 我是红豆杉[①]

*上帝等待着人在智慧中重新获得童年。*

——［印］泰戈尔

*人文关怀和环保意识，在人待珍稀红豆杉的态度上，可见一斑……*

——手记

## 1

我是红豆杉。我过半的名字被种在唐代诗人王维的诗中。宇宙茫茫，天地苍苍，多少年了？我确定不了今夕是何年。我仿若唐人杜甫笔下的绝代佳人，生于幽谷，长于深闺，呵气如兰，天籁尽享。很久都没有人注意我。谁会注意我呢？年月如流。

我是红豆杉。论血统，我属于红豆杉科。我可长成高高大大的乔木。风吹四季，我长绿，自然是万古长绿。虽然秋天之后，我细小的枝条也偶呈黄绿，抑或出现淡淡的褐红，然我的叶片，依然万古长绿。你开始摩挲我的叶子了吧！我的叶片，极轻，形如雀舌，左右分列，基本

---

① 载于《中国生态文明》2021 年第 1 期。

对称，微微弯，形如镰，边缘有些卷曲，除非亡故，我的色就是那一种耐看的青绿。

在人类因掌握了科技而变得自以为是后，我就有了不同的命运。究其缘由，据说是人发现我了，认识我了，重视我了。缤纷说法，真令我吃惊：人说，我是古老中国特有的树种；说我主要分布于甘肃之南、湖北之西以及蜀中。我生长相当慢，百年或可成材。人总赞我木质异常坚硬，便于造家具、舟船，而种子呢，亦可榨油、制皂；人总说我特立独行，雌雄异株，日常生活多不连片，我死后，树叶也从不飘落，只是改变成红色，暗暗地红。令我忐忑不安的，其实还是人说我的皮，对，是我的皮，竟能够提取昂贵的紫杉醇。我仿如一朝得道，身价莫名飙升，但又因稀少，变成了国家一级保护植物，被美誉为"植物大熊猫"。也有人以为我从此成"千里马"了，因为我已遇上了"伯乐"。然而，新的境遇却令我黯然。歌星、球星，他们被发现之后，被重视之后，红了之后，会高兴不已，而我，只有黯然。怀才不遇，其实也未必不是好事。

我是红豆杉。但我不再是以往的红豆杉了。我的爱，我的恨，不但重新萌芽，而且与时俱进，茁壮成长。凭直觉我就坚信，我早已成了中国传统文化所说的红颜，一旦被人阅读，就永远告别了自由，再也无法主宰自己的命运了。

## 2

"红豆生南国，春来发几枝，愿君多采撷，此物最相思。"尽管王维诗中的红豆，并非我的成果，但我依然很感谢王维，使我从此与本应属美丽、永恒的"相思"，建立了联系。

与我红豆杉相连的相思，具有宽泛的内涵。"相思，本义上，是恋人的一种思念、思恋、爱慕或企盼之情，是一种地道和纯粹的'爱心意识流'。相思的转义，可以外延而扩大为：蝴蝶对花朵的依恋、蜜蜂对春天的向往、星球对星球的吸引力、游子对故土的乡思和游子对故人的忆念……"（杨文丰《相思》）其实，相思，若世俗地看，也可以是一种别有目的的追求、认识与思考，甚至是琢磨。相思，不论有意无意，其间都体现着某种现实且具体的价值取向。

与我红豆杉相关的相思，有明的、暗的、莫名的、含蓄的、神秘的、文字的、口语的相思，单相思，互相思，毫不利己、专门利我的相思，不太利我、更多利他的相思，等等。类别纷繁得如同山野间的野草繁花。

我的相思，尤其是他人对我的相思，自20世纪以来，就犹如我的命运了——美丽与丑恶并存，欢乐与苦涩与共。谁让我是红豆杉呢？这是宿命。

——遥远的诗人王维啊，我有些怪怨你的诗了。

## 3

我是红豆杉。向你强调一下，我与银杏树一样，都是雌雄异株的植物。我在主动发出相思的同时，也被动地接收人类和异性对我的相思。

我主动发出的大多数相思，总在思想着土地、雨露、云风以及其他自然事物和人类，我企求关爱，起码不受伤害。直立着，每天，我都以朴实、温馨、枝叶荡摇的语言，在苍穹下，久久吟唱：

> 给我甘甜的雨露呵雨露甘甜，
> 给我温暖的阳光呵阳光温暖，

　　给我雨露一样的甘甜，

　　给我阳光一般的希望呵希望温暖……

　　我是红豆杉，我绝对不是人，我不能用虚假、违法的语言发言。我求真务实，我的歌声，只允许产生实实在在的现实主义。其实我的这种相思，要求也并不是很高。我祈求能遂愿结果。

　　我当然也主动向异性发出另一种相思。作为植物，我同样有本能，特别是情爱。

　　你生山之头，我长山之麓，雌雄情无限，同在空气中。雾来时，我们同罩一帐，享受柔软、温润；风来时，我与你的情爱种子——花粉，就飘飘忽忽，在同一天穹下传送；下雨时，我们鸳鸯入浴，享受同一网水晶珠帘。即便在看不见的土壤深处，我们的根，也总在试探着向对方伸展，希望缠绕。蜜蜂、飞鸟是我们的红娘，当然还有前面吹的风。

　　月圆之夜，我们倍生怨忧，竟夕起相思，因为我们的身体总是无法相拥、相融——我们之间总有莫名的距离。难道得感谢距离吗？使我们因分居而永远在保持神秘。

　　或许，能够正常生长在神秘的相思中，就已很好了。

　　我是红豆杉，真正熬人的，还是那相思成熟的季节。

　　我们当然最终还是有了幸福果实，其实也是种子，比红豆却大多了，圆润而灿烂，红彤彤的，犹同红色信号，高高浮凸在枝叶间。

　　我们的相思，千秋万代了，总是红色的、温暖的、美丽的和博爱的……

4

　　我原以为，人类对我红豆杉的相思（我对这种相思的反应是最被动的，也未必乐于接受），只能也是红色般温暖的。我原以为，我的空间总是柔软的、自由的，且可一直如此下去，我可以得享天年。我并不求荣达、显赫，只求环境能宽松、和谐。我一直相信，大多数人对我的相思，一直都是美的、好的，却万万没想到，竟有某些人，对我的所谓相思，会是那样的残忍、可恶……

在云南，许多山上的许许多多的红豆杉——我的同胞兄弟，他们的皮——树皮全给剥了，剥得光光净净。我们那德高望重、八九个人合抱的誉满全球的"红豆杉王"，享寿四五千年了，也未能逃掉噩运：在一个阳光普照的 7 月的日子里，人不多，只用 4 天的时间，就将我们誉满全球的"红豆杉王"的皮剥了个精光。剥得真快啊……

你还是人吗？我自然界中的朋友！你知道剥皮的滋味吗？你也试试剥剥自己，不，只轻割一下自己的皮肤就够了，你试试？

我红豆杉是世袭的土著，并没有你们人类那般可以行走的脚，只有深扎的根。

树同样是有痛感的。被人剥皮的红豆杉，只能引颈受剥，至多只能使枝叶痉挛一下。

剥光了皮的红豆杉，身躯上那不停地渗出的树液，似泪，又似血。裸露的躯干展现着黑红而坚硬，如同钢化了的、凝固的、沉默的血。

植物学上说，树是最怕剥皮的，剥皮之后，叶子们光合作用生产的有机养分运往根部的运输通道（筛管）就断了，根系呢，会因得不到营养而被"饿死"。树根一死，枝叶得不到来自根部的水分，无法不"同归于尽"。

人啊，你何以要剥我红豆杉的皮呢？

完全是由于我红豆杉的皮可以提取紫杉醇。紫杉醇是国际上治疗乳腺癌、卵巢癌的特效药。在国际市场，1 公斤紫杉醇可卖出 26.5 万美元的天价，而为此却等于要活剥下 10 吨的红豆杉皮。

在中国，被剥的红豆杉干皮，每公斤卖价多少？答曰：三四元。

有的人活着，

在白天，

他剥我红豆杉的皮。

剥我皮的人，

良心，在阳光下被黑钱吃了。

剥我皮的人，

等于在剥大自然的皮，

总有一天，

他逃不出，

夜色笼罩，

被大自然剥皮……

## 5

从现在起，我只代表生长在粤北下圭村田野中的一棵红豆杉。

我明白，我已200多岁，我躯干粗壮，五六人才能抱拢，我枝叶入云，还很年轻。乳源瑶族自治县有关部门，送我"乳源县古树名木长生树"标志牌，编号为006。我生长在这方土地，经常有村民向我走来，在我跟前插一炷香，供一份果，念念有词，顶礼膜拜，视我为神树。

祖国阔大山野间的红豆杉发出的所有相思，都可以是我的相思；具有的悲哀，都等于我的悲哀。我尚好，一直比较幸运，周边的生态环境良好。

我却被动地预感到，有人对我已发出了另一种紫色相思了。这种相思可能与我性命攸关。没办法，我只能以被动和有些不安的姿态，继续生活。

终有一天，一批科技工作者带着仪器来到我身边了，比划测量良久，说京珠高速公路粤境北段，就从我这里通过（最初的设计者当然无法知道我已长在这里，此事我后来才明白）。

我有些惊慌了。我太了解人了。某些人，剥红豆杉皮，连眼都不眨一下。迁移我，不，砍倒我，让路从我身上碾过去，并不算什么。路，改为绕我而去？笑话。"要致富，先筑路。"绕路失财富，那些唯利是图的人，能干？

图纸上的路，有如洪水猛兽，真的，正好在我的位置上冲过——我难以逃脱成为路基的命运了。

我恨我何以会长在这里。风儿或者飞鸟，是你们吧，何以要使我落籽生根在这里。我恨自己的根，扎得离人间烟火太近。我开始羡慕飞鸟、走兽、河水、流云了。我原来以为自己会似被剥皮的同胞一样，会恨人，而现在，我根本就恨不起人了。对于人，我只剩下了苍茫的悲悯！

人啊，原来你们供我的香火，还有顶礼膜拜，统统都是假的！

我终于完全明白，在我们的自然界，我们最大的敌人，原来，竟然是人！

人罹患上拜金主义的癌症了。

人，其实不是东西！

我知道我将倒下。倒下，本也不算什么，不是"砍头只当风吹帽"吗？只可恨啊，只是不甘，我原来还是倒在某些所谓的"人"的手里！……

果然，高速公路如洪水猛兽，从山那边来了，离我越来越近了。

我第一次关注起自己在阳光下的投影来了。

生命的投影，长了又短，短了又长。

我就要完全融入黑暗了。

白天和黑夜，将依然递嬗。

缓慢的日子，使我饱受熬煎……

一日，我身旁又来了一批人，原来是筑路的决策者们，他们摊开图纸，似在议论我。我凝神屏息，伸长着脖子细听：

"图纸一定得设法改一改。这棵红豆杉，一定要设法保住！"

"就在这棵红豆杉旁边，路线这么一绕就过去了。"

现在，高速公路，真的就从我身边这么绕过去了，距我不远。

我真不敢相信，在当初。

我原有的好些想法，似在改变……

**2020 年 12 月 31 日，广州**

# 无　花　果<sup>①</sup>

*低调的成功具有别样的光芒。*

*——手记*

草木，都有开花的权利。哲人说，存在的都是合理的，无花果已合理地存在，是否果真无花，仍是尘世的话题。

作为桑科榕属植物，无花果的"老家"在地中海沿岸，汉代才传入中国。唐代李白、杜甫诗名鹊起时，中国南北已多见其倩影摇曳，新疆南部尤多，因为无花果生命力强盛，耐旱，耐贫瘠，也耐盐碱，当然它最钟情的，还是温暖湿润的风土，如能植根于疏松肥沃、排水良好、深厚的砂壤，必生活得更加幸福。

我一直认为无花果属于乔木，因为它长及五六个人高，并不太难，"颜值"也高，所以常被当作庭院、公园的观赏树木，也当绿化墙，还能抵抗一般植物难以承受的空气污染，这些，不期然浓重了它的神秘。

我对神秘无花果的认真"解读"，始于去年冬日与它的大面积"密接"。那天，我在生态园散步，迎面竟是一座薄膜大棚，棚区约足球场大小，整齐的条垄上，列队一般，章法井然耸立的，全是无花果。

---

① 载于 2023 年 2 月 19 日《新民晚报》。

　　它有灰褐色的树身，距地面约半尺，即自觉开放地分枝，分枝多而直，似倒扣的碗或莲蓬绽放，一根根枝条全奔放着，斜斜朝上展开，我奇怪枝条的头尾，粗细竟会相差不大，且全抵及薄膜棚。叶片是互生的，层层错落有致，通达上升，叶总呈三五裂卵形掌状，叶面也不讲求精细，一派粗糙的墨绿，大气。

　　更吸引我眼球的是从叶腋长出的一个个无花果，这些泛黄色的果，均为梨形，我伸手一拿捏，手感犹捏新开锅的馒头，怪不得南方人称之为"木馒头"。

　　无花果的根系也发达而坚硬。那天我弯下腰，抚摸被锯断有些日子了的树桩，五分镍币大小的横断面，已依稀可辨年轮，我以指甲划刺之，竟硬极。

　　无花果，也不压抑情感。"无情未必真豪杰。"情感开放者，未必就无情。无花果的柔情，表现在不太耐得淋漓的雨。果园主人说，6到11月都是收果期，可无花果特别怕雨，薄膜棚除了防鸟，主要就是防雨，长果时淋雨，就完了，没有雨棚，他只能收到三分之一的果，那果，也吃不出层次感。

　　尘世抗拒过无花果吗？并没有。无花果，早就被誉为"人类健康的守护神"。它具清热生津、健脾开胃、解毒消肿等功能，能治咽喉肿痛、乳汁稀少、肠热便秘、泄泻痢疾等。《本草纲目》曾述其药用价值。

　　拥有如此"坚强"的身体和"开放"本钱的植物，你能相信其无花吗？

　　事实上，无花果还是有花的，开小小的花，淡红色，许是低调，从不显花，总将花和果严实隐藏在花托里，况且，这无花果除开一般植物都开的雌、雄花外，还增开由雌花特化而成、不传授花粉也不孕育果实的中性花，即瘿花，至于"无花果"，紫红的，或粉黄的，全是花托膨大而成的肉球。

　　显然，无花果不显花，与它在特定环境中的进化有关，这自有它的理由，也属它的神秘，这谕示着，人们对植物世界，仍须心存敬畏。

　　在俗世看来，成功的花，都五色缤纷、耀眼，其实不抢眼甚至隐性的花，也未必就不成功，它们同样有存在的权利，不等于不值得这个世界珍视。只要对尘世有益，显不显花其实并不要紧，也未必就不可以不显花。我甚至认为，无论任何物事，能正常结果，且能结出好品质的果，才至关重要。

# 绝种动物墓碑①

*将地球村变成动物公墓，人类就等于生活在公墓里了。*

——手记

纽约动物园有一个"濒临灭绝物种公墓"。近年来，每到10月的最后一个黄昏，不管阴晴雨雪，都有不同肤色的人默默来到墓地，为当年灭绝的动物们竖立墓碑，苍茫暮色里，墓碑肃立，发人忧思。

在北京濒临动物中心，也有一片墓地，林立着无数黄色的小墓碑，这里聚集了中国人为业已绝迹的地球村居民——动物们竖立的"灵位"。墓碑上，镌刻着该种动物"终种"的时间，字迹凝重、庄严。

科学界普遍认为：今天物种灭绝的速度，已大大超过物种在自然进化过程中死亡的速度。20世纪以来，科学技术的发展和应用，与人类的欲壑合谋，所展开的黑色双翼，遮天蔽日，极大地扩大和增强了人类对自然的影响范围和能力，人类的一个个伟大"创举"，加速了物种灭绝。偌大的地球村，在1600—1900年间，才有75种动物灭绝，平均每4年灭绝1种。进入20世纪，平均每天有1种物种灭绝；而20世纪90年代

---

① 入选尹相如主编《写作教程》（第4版），为高校汉语言文学专业教材、国家精品课程配套教材，高等教育出版社2022年9月出版。2022年获由香港国际创意学会、粤港澳大湾区文学艺术联盟、生态文化杂志社联合主办的首届国际华文生态文学奖。

以来，平均每天"断子绝孙"的物种竟达 140 个。人类的"伟大"作为，已使物种灭绝速度超过自然灭绝速度的 1 000 倍……今天，地球村不少物种仍四面楚歌，煎熬在将"上西天"的日月……

物种不断地灭绝，地球村的食物链，能不遭受破坏吗？生态环境能不被"夕阳"笼罩吗？岌岌生态危机，岂是今天的人类所能估量得出的？

在每一个日子都伟大、都发生创造的科技世纪，地球村屋前屋后的陆地、湿地和海洋，仍一天天被自封为响当当的"最高级动物"的人类，改造的改造，改变的改变。沼泽寒潭，干涸龟裂，即便是败柳摇落、寒潭凄苍的风景，也难逃离遭蹂躏的命运。郁郁森林，离离草地，不是变成光山、荒漠，就多被"石屎森林"吞噬，成了城市和道路，"风吹草低见牛羊"的绿色风景，成为过去时，唯能让人凄怆感喟，冷色哀叹。

我们能够让地球村里的"死亡区"，犹同瘟疫一般肆无忌惮地扩大、蔓延吗？我们有能力教偌大的地球村，不再一步步向"死亡村"演变吗？为绝种动物竖立墓碑，或许很快将不再是黑色时尚，会成为"最高级动物"们的家常便饭。

即便在晚秋，人类的许多墓园亦能绿草迷离，宁静安谧，甚至不太能让你读出恐怖。可当你进入的是茫茫无边的灭绝动物墓地时，你的感觉与踏入人的墓地将迥然不同——笼罩你的恐惧，当比漏夜独行坟山野岭更甚。

在潇潇难歇的秋雨中，北京濒临动物中心告示牌上的每一个汉字，都是给"最高级动物"们敲响的一记丧钟：

当地球上最后一只老虎在林中孤独地寻找配偶，当最后一只没有留下后代的雄鹰从天空坠向大地，当鳄鱼的最后一声哀鸣不再在沼泽上空回荡……人类，也就等于看到了自己的结局！

假如"最高级动物"们再不行动起来，再不在行动上保护生态环境，再不真诚地给"有幸"生活在人间的动物们多付出一点儿温情，那么，真不知写有"人类"两个字的墓碑，该由苟活的谁来竖立？

# 离家的猫头鹰[①]

*猫头鹰亦是人心善恶的一面明镜。*

——手记

## 1

三十年前，六月里的一个黄昏，天奇怪地晴而空。我正想下班，晴川小跑着来到我办公室："爸爸，有人想送我一只猫头鹰，快跟我去看。"我半惊半喜，就跟着儿子走过去，右转左拐，迎面见一人，笑吟吟地走过来，手掌上蹲一只两叠拳高、翅膀下垂、病恹恹的东西，双眼却深黑如龙眼，嘴尖脚爪都尖利，正慢慢转着脑袋，忽然小嘴张合，"咿，咿"叫出两声。晴川兴奋着，但不敢伸手去捉。那人说："我弟弟前些时候在山林写生，刚感觉有冷飕飕的东西扑腾袭来，随即左肩就被硬爪紧抓了，他急用右手一拍摸，就捉到这只小猫头鹰，它还不会飞，好几人出高价他都不卖，几天前送给我女儿，女儿养不好，也不太敢养，如果你们要，就送给你们……"我听着，觉得这猫头鹰可怜，还

---

① 载于《黄河文学》2023 年第 1 期；入选由《生态文化》杂志、河南大学生态文化研究所学术支持，散文批评家楚些编选"2023 年度生态散文榜单"；入选陈建功主编《年度散文 50 篇（2023）》，北京时代华文书局出版。

病着，不禁心生怜悯，虽也心存些许忌讳，还是感谢对方，收留下这只猫头鹰。

童年时，我听过"猫头鹰叫，有人要死了"的话。在长江、赤水河汇合的四川合江城街头，那天中午，我抱着正牙牙学语的晴川，站在报栏前阅报，猛然一抬头，冷不丁就吓了一跳，一只被细铁链拴了脚的公鸡大小的猫头鹰，正屹立在报栏上头，圆睁着大眼，睥睨尘世，它离我仅一两尺！那段日子，我才读过一篇名家散文，作者说是病中写的，文字流露出神经质，云"猫头鹰就是一个神"，还高呼"我的猫头鹰上帝"。

那时我还未与猫头鹰朝夕相处，不知道对凶猛的猫头鹰，你只要不固守惯性思维，爱它，与它亲近，像善待自己的生命一样善待它，一样可以相与和解，爱爱互动，相处和乐。"感情用事"一词，用在人与自然的关系上，未必就是贬义词，你只要付出爱，完全可以化为褒义词，当然，在接收小猫头鹰时，我心有忌讳，也自在情理之中。

## 2

猫头鹰到我家之初，我曾一度想：这只该不是笑猫头鹰吧？如果是，就好，吉祥也……可几天下来，我并未能听到它有什么笑声，仅是"哑，哑"地叫，而天地间，笑猫头鹰是有的，叫起来就像炫耀胜利般大笑，至于笑猫头鹰是否笑自己也笑天下可笑之猫头鹰，却未可知。看来，笑猫头鹰还是习惯固守新西兰南北部岛屿，不愿意飞来南粤。

猫头鹰无疑是思想致远的鸟，所以在我家，常常颇为宁静。白天我在客厅铺一张大报纸，将它轻轻地抱上报纸，因其是恒温动物，猫头鹰的身子暖暖的。它是将报纸当成自己的地盘了，总是直直地、坚定地站在延绵的汉字上，难得见它怎么走动，或许是因为它小，报纸很显得空阔。

该是猫头鹰享受了相当级别的待遇，病态很快就消失了，状态日趋正常。家人都很关爱猫头鹰，当然头几天对它的关注不算太多，但猫头鹰毕竟是猫头鹰，擅长受人之善，也善于保重身体，没多久，我们就无法不天天认真读它了。我下班回到家，首要任务就是读它，我拉来一张小矮椅，靠近它，坐下，人鸟相看，当然是我更专注地读它。读它，也成了妻、岳母和晴川的日课，以前一直反对豢养宠物的妻，还比谁读得都来劲。可能是猫头鹰要比时尚散文有更强的可读性吧，你或坐或站在楼上看风景似的看它时，它也看你，颇有李白相看敬亭山的意味，不同之处，至少是猫头鹰乃站在汉字之上。想想：除了在蜀地合江城，我什么时候如此近距离地读过猫头鹰呢？我们的猫头鹰啊，身上的羽毛多褐色纷披，细斑散缀，稠密松软，钩状的扁嘴和利爪总不忘先端钩曲，而且掩几根羽毛，真有些瘆人！值得一提的是那张鸟脸，还真与众鸟不同，眼周围的羽毛呈现辐射状，似猫的"面盘"，想来这就是何以叫猫头鹰的原因吧。生物学家说，如此的面盘就像卫星电视信号接收锅，可以集聚接收声波，判断声源，这相当于猫头鹰整个脸盘都缀满了耳朵。再细看其双眼，真大得惊人，根本不像其他的鸟双眼是长在头的两侧，而是固定在面盘前方，显然这样利于光线入眼，久闻猫头鹰的视觉极度敏锐，再漆黑的夜，它眼前的"能见度"也比人高出百多倍。

一天，家人在围观猫头鹰，晴川突然发现，猫头鹰的双眼不会转动，它要望不同方向时，总是先转动脑袋的朝向，还说幼儿园的老师讲过，猫头鹰的颈部能旋转 270 度。我听后想：咦，还真是，它看我时，都是头颅缓缓地朝一侧先一歪，面盘似时针那样要旋转十五分钟的幅度，"横眼"已成"竖眼"。

我还发现，这猫头鹰虽尚年幼，但举止行为，已尽显山林之气，此鸟非凡鸟也！

一次，它可能瞬间获得了什么大顿悟，突然右腿金鸡独立，左腿用力一下子就朝身后笔直蹬去，左翅贴左腿随之也极端地朝后一伸展，那威势，霎时让我想起大将军猛张飞，这是猫头鹰本有的威猛，这是睥睨一切的大英雄气，它绝非目中无人，而是目无天下万物也！我这时也突然醒悟：只有大自然才是猫头鹰真正的家，它怎适合被宅入我这小小的家天地呢？作为昼伏高山深涧、密树荒草，夜飞阔原沃地、威猛扑食的猛禽，夏山秋漠，冬野春岭，长河落日，松疏月凉，才是它的伊甸园。我家“笼”它，等于在剥夺它的生活天堂……

我开始萌生何时将它放生的想法。

日出日落，人鸟相对，如此这般，又过去几日，天地又转入黄昏，还兼细雨，我在客厅翻阅《羊城晚报》，见报上说：人养宠物，人会向善——我突然就似抓着宝贵无比的稻草，马上向家人传达了文章的大意，家人都认为说得很有道理，还讨论纷纷，说宠养猫头鹰嘛，单一个“养”字，已含“善举”……家庭会议还产生了决议：放生猫头鹰，很可惜；纵然放生，也还未到时候；如此小的猫头鹰，放生了它，它又如何生活？我心明镜一般，这都是因为人和鸟有了感情，但凡沾染感情的事，都甚难理智处理。

## 3

光阴易逝，又一个周末到了。我甫入家门，岳母就对我说，猫头鹰下午在客厅突然发出一声长啸，阴风阵阵似的，瘆人得很。以前夜里在山间，她也听过猫头鹰这种叫声。

我很难想象猫头鹰在山林夤夜的叫啸是怎样的恐怖阴森，可是很奇怪，知晓它能啸叫后，我却更敬畏它，更关注它，乃至对它有些着迷了。我和妻一起，将阳台上的榕树盆景搬进客厅，我双手抱起猫头鹰，轻轻引导它稳稳地抓上枝丫，随后，我退后几步，一看，宁静兀立于枝头的猫头鹰，愈加霸气四射，已焕发前无古鸟之势……翌日，堂弟来到我家，坐在客厅高声说话，他偶尔转头，一见到榕树盆景上站立的猫头鹰，登时就沉默下来，好一会儿，才说："这样凶的鸟，你家还敢养？"经他这么一说，我读书人"想法不坚定"的毛病，就像按入水的皮球，手一松又浮了上来，遂想："还是赶紧放生吧……只是……"黑白想法，马上进入"相持阶段"，踌躇中，猫头鹰却病了。

文章至此，读者想必也明察秋毫，我们一家都非常爱猫头鹰，而且，对猫头鹰的伙食，我们不仅奉行高规格的计划管理，更施行高质量的落实举措，而猫头鹰还是病了，何以会病？问题是出在饮食上。

猫头鹰天生以鼠为主食，上天赋予其超强的捕鼠能力，据考证，一只成年猫头鹰，不说其能吃多少昆虫、小鸟、蜥蜴和鱼等，单老鼠，它一年就可以吃掉1 000余只。猫头鹰吃食物，喜欢囫囵吞枣整只吞入肚，这恐与它具有独特"食术"有关，因为入肚后难以消化的骨骼、羽毛、毛发之类残渣，会被揉成丸子，被它从嘴里吐出来，此谓"吐食丸"。显然，我们从未见猫头鹰吐食丸，在我家，它压根儿就没有见过老鼠等硕大食物。

这表明，对它的饮食，我们已无法适应，也难以满足。根据食谱，我们每天喂它的猪肉，全是精心选出的瘦肉，还加工成细丝，它每次就餐其实都蛮欢快的，总是伸爪子抓起一团肉丝，悬悬空，上下抖两抖，再低下头，以喙和爪慢慢拉扯着吃，有滋有味地吃，吃得相当用心。出于改善猫头鹰的生活，晴川还专门从楼下的灌木丛活捉来几只禾蝉，猫头鹰每次吃毕，鸟嘴即报以"咂，咂"声，以示感谢吧，晴川也积极性更高了，就陆续捉回金龟子、菜青虫、鼻涕虫等喂它。可能这些都不是它最适合吃的吧，加上吃得太杂，于是消化不良，患了肠胃病，屎稀得不成条，尿中泛白，半小时不到就得拉一次。妻急坏了，赶紧喂保济丸、藿香正气丸，没想到这人的药对鸟完全没有用，一两天下来，猫头鹰又变得羽毛松弛，眼睑下垂，活像写失败的散文，"形神俱散"起来。

妻想打电话咨询，却不知到哪里去找鸟医生，突然情急生智，取出书柜上的《家庭日用大全》，翻到鸟肠胃条目，才明白可用木炭灰疗之，遂找来劈柴，烧木成炭，再碾成粉，用新鲜瘦猪肉丝沾裹喂之，果然鸟病还得鸟药医，吃过两三次炭粉拌肉丝后，猫头鹰果然痊愈了，似乎还长大了许多，更惹人怜爱了。

在这时，它表现出学飞的欲望，妻见状，找了根红色长绳，拴了它的一只脚，没承想绳子才拴住，猫头鹰竟就突显人性，以哀眼看人，哀声阵阵，偌大的客厅，充满了哀声。妻只好赶紧为它松绑，并回头对晴川说："要善待猫头鹰。猫头鹰可是国家保护动物……"

## 4

现在回头看，在对待猫头鹰是否马上放生的问题上，我的心态是颇为复杂的，当然，我情感的主基调还是呵护，是关爱，是怜爱，自然也心含敬畏。敬畏，主要源自它有些吓人，敬畏是离不开惧怕的，有惧怕敬畏才有基础。当然，敬畏与文化有关，没有文化根基的敬畏不可能是自觉的敬畏，只能是盲目、盲从的敬畏，乃无本之木。

即便在动物界，在鸟类中，猫头鹰也是文化积淀最深厚者之一。西方的猫头鹰，其翼翅就披挂着文化色彩。古代的中国人更视猫头鹰为神异之鸟，"天命玄鸟，降而生商。"（《诗经·商颂·玄鸟》）在商代，猫头鹰被奉为军队的"保护神"，是人们崇拜的对象，猫头鹰的造型，甚至被刻上祭祀礼器青铜卣。我无从考证从何时起，猫头鹰才变成国人眼中厄运或死亡的象征，民间是有"不怕夜猫子叫，就怕夜猫子笑"之说，据说是猫头鹰嗅觉非常灵敏，病入膏肓者散发的腐臭味，很可能被它高兴地闻到……

当然，猫头鹰不会知道这些。我敬畏它，以爱心待它，是应该的，而它最需要的，假如不是广阔天地，就是我们须能够喂养它。我不会想一只鸟会对我们有感恩之心，但我能感到，它依恋我们……

记得猫头鹰学飞后，客厅就无条件地成为它的飞行“天地”，我还谓妻：“要定做一个大鸟笼，做得漂亮些，空阔些。”当时并未想到，家养它，对它再好也是囚养；它也不可能认同“人的家”是它的家……何况，家人已明显觉察，近几天来，但凡夜幕降临，猫头鹰就显得非常兴奋，总在客厅飞来叫去，但我们却未能认真地、深入地去想——室外那无边无际无涯的夜，才是属于它的，它的自由是在夜的天地间的。作为黑夜天地间的精灵，只有在无边的夜里，它才能享受自在、快乐和完美，它才能看到其他动物无法看到的一切，捕获自己能果腹的一切。

现在看来，那夜是一个饱含预示的夜，我在卧室灯下喝茶，妻倚床头看书，猫头鹰竟能悄悄顶开虚掩的室门，一摆一晃地就步入卧室，边走还边“咂、咂”叫唤，还一偏一扭着脑袋圆盘，轮番细看我们，突然，一张双翅，身子一蹲，双翅朝下一扑，就悄无声息，醉酒般一颠一簸地向我们飞来，飞上床沿，甫一站稳，又“咂、咂”叫了两声，那淡定、可爱的小样，惹得我们哈哈大笑……我后来知道，原来猫头鹰羽毛柔软，翅羽又密生天鹅绒般的羽绒，纵然飞如闪电，其声频也不到 1 000 赫兹，人和别的动物都难以听到。

一直以来，猫头鹰的夜寝，都由我亲手操办，每夜，我都是将它抱入大纸箱，箱盖上再压一把生锈的大铁锤。说不清是何原因，许是冥冥中有什么谕示，就在猫头鹰步入卧室的当晚，我居然没有去操劳这事，由妻代劳了。

翌晨，我和妻都在厨房，突然就听到岳母在阳台上惊异地说：“猫头鹰哪里去了？猫头鹰飞走了！纸箱是打开的，里头空空的。”我急急地和妻来到阳台，晴川这时也从卧室小跑出来说："我昨晚上做了一个梦，梦见猫头鹰冲开纸箱盖，一飞就飞上阳台的防盗网，站了站，然后扭转头看了看我们家，一会儿就飞回客厅，朝爸妈的房间走去，见门关着，就又走回客厅，'哑、哑'叫了叫后，又飞至阳台的防盗网，稳站了一会儿，最后低了低头，才朝阳台外一跃，飞了！"我一听，就问妻："箱盖压了铁锤，猫头鹰怎么还能冲开？"妻忙说："昨晚我只压了一根小小的竹竿……"妻未想到竹木太轻，还是通山林的。我有些气闷，有些感动，有些醒悟，也有些惋惜，更多的却是解脱，望着清晨阳台外辽阔高远的天空，顿感所有的鸟事都空了，似乎什么都没有发生，这一切，都是天意吧……

假如猫头鹰继续囚在我家，既悖逆它的天性，也有违天地伦理——纵然猫头鹰和你相处得再不错，也不能说猫头鹰和人的关系就已臻入和美，何况这也只是人单方面的评价。人与自然也好，人与鸟也罢，彼此的关系，既相互关联、相互依恋，还须相互尊重，唯有彼此自在，各自独立，均感自由，各美其美，才算真正臻入和美。

猫头鹰飞离我家三十年了。它是在夜间飞回它家的，它飞离时是有些不舍。它飞回了真正的家……

# 贵宾犬巧克力

*正是狗狗巧克力对主人的无上忠诚，矫正着我对人的看法。*

*——手记*

## 简历①

我这个大家庭，养了一只男性贵宾犬，名叫巧克力。

贵宾犬也称贵宾，在法国是被视作国犬的，还在18世纪，贵宾就顶着贵妇犬的头衔被贵妇人携入法国沙龙，而参加名犬博览会夺金，更是常有的事。鲁迅所述在万国赛狗会上夺金者，我揣想当是巧克力的先祖，该不是叭儿狗。

日前，我量得巧克力肩高35厘米，尾至肩35厘米，胸围40厘米，完全就是迷你型贵宾。人间将贵宾分为巨型、标准型、迷你型和玩具型几种。

贵宾以高颜值面世。你看巧克力吧，耳朵是下垂之耳，八字分开，柔软而紧贴头部，甚是自然，耳廓也长而宽，浓密地覆着毛。巧克力的眼睛，是著名的杏仁眼，虽不算太大，不算突出，但甚圆，要紧的是眼

---

① 载于《科学画报》2016年第12期。

珠子属少见的琥珀色，甚是机灵。随着巧克力狗到青年，阅世日深，我现在每每读它的眼睛，都能读出它像猴子，甚至对它说："巧克力，你真的太像猴子了！"

我作过考证，巧克力的祖先是拥有优良传统的，曾经风行欧洲大陆。法国路易十六时期的浮雕，就见贵宾犬。几年前在德国美术馆，我曾欣赏过15世纪画家画入贵宾犬的作品。

我至今还记得巧克力被外甥女亭亭领养后，第一次到我家的一幕：一拉开背包链，七个月大的巧克力就跳将出来，在客厅里，围着我们欢快地跳和叫，跳转了七八个圈圈。亭亭说，它原主人要出国，将它寄养在宠物医院，说如果遇上真正爱狗狗的人，就让其认养吧，不要钱，前提是要对它好。按巧克力当时的身价至少也是五千元吧。原主人何以唤它叫巧克力，我猜测该是它披巧克力毛发之故。我观巧克力的行为，多少可感知，其童年被遗弃的经历，该已刻骨铭心，这是后话。

若让巧克力做个自我鉴定，我相信它会这样自评：聪明活泼，性情温和，气质高贵，记忆力好，好奇心强，喜与人合作，顺遂人意。如有机会，深造一下，想必它也能表演马戏团诸般节目，它有的同胞不就从业马戏表演吗？祖先的活跃、机警、自信、优雅，良好的身材，矫健的动作，巧克力都承继了，它也颇自信。

据说巴甫洛夫做了一个实验，每吹一次哨子就给狗狗食物吃，重复几次后，狗狗听到哨声就能分泌唾液，尔后，改为只吹一个特定的哨子才给肉吃，狗狗就改为只对这给食物的哨声产生唾液分泌反应了，这一种非本能的反应，就是"条件反射"。

贵宾犬在世界上犬类智商排行榜中排名第二，可我总觉得它该要比第一名牧羊犬聪明得多才是，证据是它的条件反射能力超强。它一周岁多时，我用手指夹一块肉，让它双腿站立起来叼，它可照办，尔后我只要一亮出肉，它就会站起来将肉叼走，你别以为它叼肉的姿势会不优雅。

巧克力所有的姿态，都很优雅，还不摆什么架子，很平易近人，也不狗仗人势，不会狗眼看人低。它的肢体语言也是蛮炉火纯青的，它善用舌舔，善摇尾，偶尔会露露肚皮，也撒娇，让家人抱，喜欢边跳边转身，喜欢与人捉迷藏。

对了，巧克力和它的兄弟姐妹一样都爱运动，天天要去户外散步，说起巧克力的走姿，那可是四条腿 X 状交叉式的，小屁股一扭一扭，十二分可爱。想起来，这巧克力从少年起就颇得小区内好几匹女贵宾的爱慕，为了让巧克力过上安稳日子，免受情感折磨，经大家庭联席会议研究后决定，还是由华南农业大学医院兽医外科医生亲自操刀，将它绝育了。

我一直喜欢巧克力，但今天却觉得很对不起它，要知道，贵宾历来可是当护卫犬、牧羊犬和狩猎犬的，更以水中捕猎著称，好春江猎鸭，天生就擅长游泳，然甚是遗憾，我居然竟至今从未带它去游泳池游泳……

## 怕圈圈①

那是巧克力初到半山湾不久，晌午，天正下雨，在家中客厅，巧克力踱着著名的四脚小碎步朝我走来，突然停步，转为立正，尚单纯的杏仁眼，巧目盼兮，似有期待，朝我行注目礼。我知道，它想我逗它玩。恰好我身边有个呼啦圈，我就拿起呼啦圈。没想到它见我手持呼啦圈朝它猫腰过去，离它还两三米远，它已满眼惊恐，躲闪都不是，夹着短尾巴就逃了。

---

① 载于《科学画报》2016 年第 12 期。

当天下午，妻拆洗蚊帐，取出帐顶圈，也朝巧克力走去，巧克力同样惊恐非常……我们觉得好玩，就将圈圈置于茶几和沙发间通道，促引它从通道去钻圈圈，结果你无论如何驱赶它，逼迫它，它就是不钻圈，也不太敢钻，被逼得实在没有办法，又不想被我们捉住，才向着圈圈，犹豫再三缩缩身子，壮足胆子猛然一跃，才钻圈而过，引发我们大笑。

我记得，电视上播过的马戏表演，是有贵宾犬钻圈圈节目的，好看，很是滑稽，那贵宾犬钻进钻出的圈还是呼呼燃着火的——何以它们就不怕圈圈呢？这些演员，或许开始也害怕，因了生活所逼，才不得不钻，不得不克服恐惧吗？

如此建立在狗狗恐惧之上的快乐，人的快乐，按动物伦理，是很不尊重狗狗的，起码不够狗道，不尊重狗权。

有人说，不同的狗狗怕什么，也是不同的，此与狗狗的性格有关。

然而，在这个世上，唯有狗狗才是最知道感恩的动物，什么忘恩负义，反戈一击，过河拆桥，在狗狗身上，是从未发生的，狗狗连这些念头也绝不会有，当然，狗狗无疑又是记仇的动物。

我猜想巧克力如此害怕圈圈，必定是之前，它吃过圈圈的大亏吧，或者是其童年时，曾受过圈圈的惊吓，或者是因为圈圈的不仁而留下了心理阴影？想想也是，在流浪狗的脑海里，那圈圈，必是大而沉的，恐怖莫名的，还是它们被人抓套的标志。

这些，还不至于使当事狗小小的心灵深受创伤吗？

我想起心理学上的观点，说是大凡胆子小的孩子，长大后一般都较有作为。人和狗狗，皆属动物，都有心灵，有情感，有喜怒哀乐，即便不能完全把人与狗平等看待，至少许多方面，人和狗还是相通的；我家巧克力既然如此怕圈圈，比较胆小，这表明，在狗的世界，将来它或许还可能叱咤风云，成为名狗，名垂青史，也未可知。

不过，话说回来，谁不怕圈圈呢，甚至是人。

我有位养狗多年的亲戚，近日就专门发微信给我：

她认为马戏团的动物，怕的可能还不只是圈圈，而是人对它们不专心配合人的体罚。她见过被铁钩钩住的狗熊在做表演，一旦做得不好，驯兽师就不给它好脸色，会大力扯拉铁钩上的链条，狗熊即刻痛得直叫……她对此很反感，说从此再也不带孩子看马戏表演了。

其实，无论对什么动物，凡圈圈，无论是火圈，还是圈套，连人都有可能会钻。当然，人都自以为有思想，自以为既可看清有形之圈，连隐形的圈圈，也可看得一清二楚。

其实，只要是圈，只要是套进脖子，都必让你不适，凡是狠心紧系过领带的人，都有所领教。

而被圈养的感觉是怎样的呢？这就不适合作过多的想象了。

在我家，再也不会出现让巧克力钻圈圈的恶作剧了……

## 依恋①

巧克力恋主，似是天性，令人怜爱。主人睡觉，它必在床下陪着，通常是以蜷伏的身子压着蚊帐。何以如此？可能是只要主人起床，它即可感知，可以跟随。

我们户外散步，它必紧跟主人，当然，似鲁迅先生说的被主人以一条细链子牵在脚后跟的情况，也有。主人落座客厅沙发，在旁边陪着的，不可能是别人；主人起身走向房间，它也会跟在主人屁股后面。如果巧克力在浴室门外趴着小憩，必定是主人正在里头沐浴。都说贵宾犬黏人，其实主要还是黏主人。

主人不在家时，它黏主人的形式，则修改成盼，盼主人归家！

---

① 载于《科学画报》2017 年第 1 期。

　　我亲见好多次，主人亭亭早早出门，晚上迟迟未归，巧克力就几次走到家门的后面，嘴脸对着紧闭的门，静静而长久地站，脖子伸得笔直且长地站，任谁看到，都知道它等待什么，那情景，令人感动，也让人有些心酸。

　　巧克力两岁之前，主人每每上班出门，都少不了对它交代："我要去上班，你看家！"它本来还兴高采烈的，一听到这话，会马上趴在地板上，像一团抹布，情绪甚是低落。

　　前年春节前，巧克力被关入一个宠物托运箱，从广州搭乘飞机飞泸州，回了主人亭亭的外婆家，主人那天下午去医院陪护住院的外婆，出门时一时疏忽，没有对巧克力有所交代，于是，天一擦黑，它就站到家门后，开始盼，直盼到午夜，很是失望，但仍不放弃，改为跳上主人常坐的藤椅，先是站，站累了，就坐着，而头，仍朝着门户，望眼欲穿……家人都对它说亭亭今夜不回来了，你不要再盼，有我们在，它就是听不进群众意见，盼望依然……

　　随着年龄增长，我感觉巧克力的内心也日益丰富起来。根据狗狗们的心理和体质状况，动物学家得出狗狗与人类年龄的对应关系。

　　狗狗 1 岁龄时，相当于人 17 岁，2 岁龄相当于 24 岁，15 岁龄相当于 76 岁龄，如果高寿至 20 岁龄，则已近似于 96 岁的老人。鉴于此，巧克力今年是 3 岁，已相当于二十七八的堂堂须眉男子。想来也是，今年以来，巧克力也越发懂事了，主人挎包出门，不再对它说"我要去上班……"，它也不会尾随，除偶尔仍像泄气的皮球趴在地板上，多数情况是站着，甚能接受独守空房的现实，处之泰然，当然其内心深处，对主人依然是无限依恋的。

　　正是巧克力对主人的依恋，尤其是依恋情深的眼神，对主人的无上忠诚，让我完全改变了以往对狗狗的看法，我现在已完全没有了对"狗腿子"的反感，还将"主子"的贬义内涵，倾入了下水道。

狗腿子，不就是狗狗对主人无上忠诚的表现吗？对主人、主子忠诚，乃至感恩，有什么不正常、不应该的？不是很合情理吗？

网上流传的一个故事说，一只饿得眼色发绿的狗狗，因了一青年的一饭之恩，就依恋一路，一路紧跟骑自行车游西藏的青年，以四条腿跑路，风雨无阻，不辞辛劳，几千里路云和月，硬是跑着，追随骑车青年走进西藏……如此的狗腿子，世间能嫌其多吗？

巧克力的行为和心理，表现出狗狗对主人的忠诚，如此的忠诚是可贵的，也是高贵的，忠诚出于感恩，感恩因为记忆，记忆强化依恋，依恋又巩固忠诚……我点赞如此美德！

# 主人排序①

早晨，我欲携贵宾狗狗巧克力下楼去遛，它虽态度有些勉强，但还是跟我入了电梯，走到楼下草地，它抬腿匆匆尿尿完，就猛一调头急冲，要回家。原本我想带它去后山继续遛的。我只好追至电梯间，它见状，马上从二楼楼梯跑了下来，它该是见电梯门没开，想上楼梯回家，又心有犹豫，便在二楼等我。

巧克力何以如此呢？

必定因为昨天，我带着它在后山边遛过一段时间后，它要回家，我不让，它便站着，稳站，似与我有所对峙，我就过去，轻轻地打了打它的屁股，还加了轻声的几句骂，它，竟就记住了。

深层的原因，是我尚不是它最信任的第一主人，就是说，它对我，还够不上信任。这是有背景的。

之前，每次它的第一主人我外甥女亭亭出差，它无法跟去，就必然

---

① 载于2017年12月《中国财经报》。

是养在我家，这时节，似是天性，它马上会选择临时的第一主人，这算是历史的选择，我的意思很明白，尽管我对它的关心不亚于其他家人，即便我集三千宠爱在于它一身，它也不会推举我做第一主人。

那几年，每到暑假，亭亭都要出国度假，于是巧克力就都是吃住于我家。确乎，国不可一日无君，巧克力怎能一日无主人呢？亭亭的大姨，就历史性地享有了巧克力临时第一主人的殊荣。自然，从动物心理看，它对亭亭无上忠诚的行为、感恩的行为、纯洁的信任，就可以理解地有些战略转移，大姨走到哪里，它的眼神就跟到哪里，那可是信任、依恋、感恩的眼神，也是与它获得的呵护和照顾质量成正比的眼神。

显然，在巧克力眼里，你是不是它的主人，有没有资格当它的主人，完全取决于你是否取得了它的绝对信任。唯信任度高且稳居首位者，才享有资格做第一主人。

但是，这信任度的增长却是需要历史过程的，需要与主人有一段日月的亲善相处，经由反复的认知、分析、互动和相互适应，即对主人的态度、气味、品貌、语言、情绪、生活规律，以及主人对它的照顾和关心程度，已然熟知并且认同和适应，它对你，才可以生长起绿色的信任，这可是水到渠成的信任，是将自己的生活，乃至性命，都托付予你，与你这位主人建立起禾苗与稻田般相依关系的信任。

亭亭能成为第一主人，除了基于她对巧克力的领养，更多的，是基于她对巧克力深长的宠爱。

大前年暑假，巧克力在我家已生活一月有余，大姨任临时第一主人算来也已日久，然而，即如此，我还是发现，巧克力偶尔还会悄然迈着小碎步，步入亭亭常住的卧室，久久立正，长久地发呆，居然有一次还专门一跃就跳上了床，抬起头颅，悄然久坐……我们都明白，这小东西是在思念亭亭了，它该是在想：主人该快回来了吧？

那天中午，喜鹊在楼下闹叫，我家的门铃响了，巧克力一听急急地就冲到家门后面，热切地吠着……果然是亭亭回来了！亭亭甫入家门，巧克力一见，就抑制不住，惊喜着跳来跳去，却又不直接朝亭亭怀中扑过去，而是跳着，在空中急切地转身，先围绕大姨激动地叫跳，又一转身，才围着亭亭大声地叫，兴奋地跳，反复三四次……当亭亭弯腰去抱它时，看得出它被高兴鼓动着，却仍似躲非躲，一双黑色的杏仁眼，直直地、深情地看着亭亭，一会儿，又回过眼，感恩地盯着大姨……

# 鼠①

人所厌恶的鼠行，其实多属鼠在尘世的求生本能。

——手记

庚子春节以来的"战疫"，让人经常想起"过街老鼠，人人喊打"，这句话华夏民族喊了几千年，代表了民心，可在今天，却别有几分滋味。

说句公道话，这鼠，说其没有几分可爱，没几分特色，也不公道。现实中的鼠，长有尖尖的嘴，稀拉的胡须，尖而细的耳朵，且拖着长而柔的尾巴。光天化日之下，行走起来，不，蹿起来，可真是轻快灵巧若飞。至于吱吱的叫声，也很是高调，恐怕只有它才能叫得出来。鼠入艺术，身价百倍。书《兰亭序》之笔，据传还是鼠须制的。美国人捣鼓出的米老鼠，得到全世界儿童的普遍喜爱。你看画家韩美林先生笔下，那鼠真招人喜爱。

苍茫大地，随处有鼠出没，天上"飞"，地里蹿，水中游，屋里躲，经常搅得人间不得安宁。鼠何以这么普遍地存在且子孙绵绵不绝？因为鼠狡猾！我看过一帧漫画，画的小鼠记者以爪持话筒采访鼠爷，讨教长

---

① 载于 2020 年 2 月 19 日《新民晚报》。

寿之道。耄耋鼠爷说，"凡灭鼠周，绝食七天！"鼠天生色盲，不戴"近视眼镜"，似乎也没有什么责任和担当，一米开外必"月朦胧，鸟朦胧"，但遇紧急情况，准比谁都溜得快，何故？因为，鼠有良好的听觉，还有比男人厉害得多的胡须。世人追鼠、打鼠，鼠大多顺墙根开溜，实行窜行主义，是因为墙根利于其发挥胡须判位的触觉功能，便于落荒而逃。老鼠尾巴，可颇不简单，是走细绳电线的平衡器，也是出入油瓶解馋的盗油杆。

鼠与黑夜，一直是孪生兄弟。鼠的事业，乃不劳而获、偷偷摸摸的事业，所以鼠与黑夜可谓"黑"味相投。鼠惯于长夜，害怕光天化日。晨光熹微，鼠便转入黑洞，以近黑为良策。

有人说，假如不灭鼠，听之任之，鼠必成大气候，几可成群结队，招摇过市，甚至疯狂起来会将世界啃光。此说虽然有几分夸张，却不是无一点儿道理。一是因为鼠未实施计划生育的政策，繁殖力惊人。母鼠怀胎只需 21 天，每胎可产 5 至 6 只幼鼠（世界纪录是一胎 24 只）。鼠分娩当天，即能再次怀胎。雌鼠出生 30 天，便入育龄期。二是鼠牙锐利如锥，又长得快，20 天就可以长 1 厘米。所以我理解，鼠之所以喜啃硬物，是因为须磨短牙齿，以解决合不拢嘴笑之忧也。可怜那鼠在吱吱啃咬家私之时，心中也有难言之苦，只是百姓实难体味而已。

世人厌恶鼠，以鼠之聪明，当然心中有数，但鼠却喜与百姓"同居"——同享家居生活，揣摩人情冷暖、世态炎凉。入夜，从洞口探头探脑一番后，伸爪出来，自然要盗享美味佳肴，这比在山野、田间要方便得多。而入住高楼深院，还不必担心购房按揭，一样可遮风避雨，更不怕电闪雷鸣。人鼠"同居"，要命的是可能传染鼠疫。鼠疫有多可怕？你翻阅一下法国作家加缪的长篇小说《鼠疫》便可知。现在普遍认为黑死病是由一种名为鼠疫杆菌的细菌引发的，史载 1347—1353 年间，欧洲死于黑死病的人数竟达 2 500 万，触目惊心。

灭鼠，竟是人类伟大的事业，但投鼠忌器，只能搞搞中庸之道：养猫！自从养了猫，大抵世人以为灭鼠已是猫的"本职工作"了吧，"越职"行为就大为减少，站出来喊打者更少。当然，喊打之声仍常有，也只是喊喊而已，而且很是小心。

近读外国小说《人鼠之间》，突悟：原来人与鼠，也是能够"并列"的……

# 湄南河的神仙鱼[①]

鱼之乐，亦与内外环境有关。

——手记

神仙鱼是在著名的河里生活得最像鱼的鱼。

如今不少鱼，仍生活在与污染同穿一条裤子的水里，浮浮沉沉。

湄南河，污染居然不重，浩浩荡荡的水，汹汹涌涌地向南流，我注意到，在我们的游船行驶的好长一段时间，神仙鱼们全都真鱼不露相，潜藏在大水里。当我们这几条游船滑近一片木结构的水上人家时，临近船舷的水面，突然发出一阵阵宏大而泼剌剌的水响，那传闻中的神仙鱼如风吹草低后见的牛羊一般，一个集团又一个集团地暴露，一个劲地露头、浮背，也潜行。这可是我从未见过的神异的鱼。这些神仙鱼，头似塘鲺，大过塘鲺，银须潇洒飘逸，体态丰腴而长，肤如凝脂，不，如银灰。一条条若隐若现得犹同古华夏浔阳江头琵琶半遮面的歌女，自自如如地浮沉着。来了！来干什么？吃我们投下的一块块面包屑。我要强调的是：眼前这鱼情、鱼态确乎是自如得如神仙啊，这些团队，全无争抢之意，没有哪一个不是随缘、悠然、泰然、自然、超然的，一张口便吞

---

① 载于《天涯》杂志和《新民晚报》。

入人类奉送的免费午餐。友人大概有些难以置信，也可能一时神志恍惚，赶紧紧抓船舷弯腰动手去摸，居然就摸着了，猛扭头，对我说：

"是鱼！手感果真是鱼啊！"

这神仙鱼呈现出如许佛性：祥和、平和、神秘、自如、自适、和善、超然，有吃即吃，宛如神仙，似泥鳅在湿泥中自在滑行，是非常自在地就在水里滑行……神仙鱼，不但是泰国人心中等同于中国黄河、长江一般的母亲河中水的精灵，而且还是湄南河的善之表现。或许，正是由于神仙鱼具有佛性，才教我认定其是最能令我思想、最不似生活在凡间的鱼。

何况，这神仙鱼还是免除了民间宰杀的鱼，一直生活在这世界著名的大水里，一直尽情地享受大水乃至大自然的赐予。

我非鱼，当然也非庄周，然我仍坚定地认为：神仙鱼可谓深得水之乐也。

往大水里放生的包括神仙鱼在内的许多放生物，在泰国人看来，均具有佛性吧。

在这自然已经不再神秘的科技时代，唯有人对自然的尊重乃至敬畏能够臻入好的境界，人与自然的关系，才有可能走进真正的和谐……

# 论 嫉 妒①

*嫉妒与暗箭是人性的孪生毒瘤。*

*——手记*

友人聚会，聊起世上的嫉妒人事，令人唏嘘。夜入书斋，翻开培根随笔集中的《论嫉妒》，开篇即是："在人类的各种情欲中，有两种最为惑人心智，这就是爱情与嫉妒。"白纸黑字，大哲学家竟如此高看嫉妒，令我着实吃惊不小，同时，也引发出我对嫉妒内涵的一孔之见。

概而观之，嫉妒是指人对身边的幸运者或潜在的幸运者感到冷漠、不平、不安、厌恶、排斥、羞辱乃至敌视并以求占有相同优势的心理状态。

嫉妒他人，是委实可怜的，等于承认自己比不上他人，已跌入自卑的泥淖。

何况嫉妒与自私同穿一条裤子。嫉妒心重者，心理扭曲，不可能有真正的朋友；真朋友之间，是不存嫉妒之心的。

其实，嫉妒也是人和好些动物的本性。动物学家曾做过这样的实验：当狗狗的主人抚摸和表扬可以汪汪直叫并能发出呜呜之声的玩具狗

---

① 载于 2019 年 2 月 21 日《新民晚报》。

时，他所宠爱的小狗狗，随即便会嫉妒横生，狂吠，并以嘴猛顶主人或者那只玩具狗。实验甫一结束，狗狗就奔过去细嗅玩具狗的屁股，视其乃真狗也。我家宠养的贵宾犬巧克力，见我抱别家的小狗，有时也会吠着，跳将起来，以前爪扑我。每次我隔着邻居的家门与那只名叫"女王"的漂亮牧羊犬打招呼，巧克力也会对牧羊犬心生妒意，马上蹲在地上，昂着头，朝我大吠，其意我明白：一是不满，二是需要我弯腰抱它，慰藉它，让它心理平衡。

人的嫉妒，显然比狗狗要深层次得多，复杂得多，都源于攀比心理，假如与自己距离较近、境遇又相似之人，取得的成就或某方面优于自己，而此却正是自己在乎的，那么，心理的大厦顷刻就会失衡坍塌，漫生妒意。倘若成功者与自己没有一毛钱的关系，谁会漫生什么嫉妒呢？从没有见过哪位商人会嫉妒一个作家。

嫉妒，可以说是情感的毒瘤，甚至是恶魔，其所荷载的负能量真是上不封顶，还颇具攻击性，仔细想来，这攻击性表现有二：一是内向自虐。"好嫉妒的人就像锈腐蚀铁那样，以自身的气质腐蚀自己。"（安提斯德内）凡是嫉妒，都有强迫倾向，折磨自我，让自己陷入阴暗。二是外向出击，因为难以自控，所以以卑下的手段，制造事端、流言，去中伤，去阻挠，去栽赃，去陷害，即便"像空气一样轻的小事，对于一个嫉妒的人，也会变成天书一样的确证，也许可以引起一场是非"（莎士比亚）。

有人认为，嫉妒也存在积极的一面，意谓嫉妒他人，某种程度上也可以产生激励作用，让你更好地认识自己，做出更精准的努力，比如同事晋升，你虽然心怀嫉妒，却也可让自己愈加卖力干活而得以升迁——此论大家不妨探讨。

任何嫉妒，都会对个人、群体或社会造成伤害。嫉妒心是一个人胸襟宽窄的显示器。

善良者往往较少嫉妒他人。嫉妒心重的人，发展格局总大不到哪里去。要比，也应该多与自己的过去比，嫉妒的阴霾就会渐次消失，让尘世荡漾更多的春意，天明地净。

# 肥　皂①

不干净的世界，离不开肥皂。

——手记

今日洗衣，肥皂在手，手感柔滑腻实，扩散着春天那种草木气息，突想，人类在发明肥皂之前，或手头一时没有肥皂时，浣衣用什么？

小时候，吾乡粤东客家人洗衣裳，倒是有用山上香茅草的，有用沸水泡草木灰的，还有用皂荚树的皂果的，当然，用阔叶山茶籽的，也有。李白在《子夜吴歌·秋歌》里咏"长安一片月，万户捣衣声"，那时长安妇女捣衣，该是以河水就月光的吧。

去年夏天我游罗马，耳闻了一个传说，云古罗马人喜欢祭神，古罗马的赤日与中国《水浒传》黄泥冈上的太阳同样毒，能将禾稻烤至半枯焦，肥肥的羊肉祭品自然被烤化，那羊油一滴滴，滴入祭坛下的草木灰，混凝成油脂球，小小的油脂球被风吹入河水，在水上漂，浣衣妇觉得好玩，就一把把抓起，朝女同伴身上抹，被抹上者，笑闹着跳入河水，居然衣裳上的污物很容易就被洗净了，由此，"油球混灰"便开始在古罗马流传了……

---

① 载于2017年3月11日《西安晚报》；《散文选刊》2017年第7期转载。

最近我读到了一则该是有关肥皂的最早的文字记载，出自古罗马著名学者老普林尼，他写道：每逢节日，高卢人（法国古名高卢）都盛装歌舞，彻夜狂欢，他们事先总喜欢将草木灰和山羊脂搅在一起，在头脸上浓涂艳抹，画各种脸谱、塑各种发型助兴。一天，大雨冲散了聚会，人们回家卸妆，方发现草木灰和羊脂的混合物合谋雨水，已将他们的头脸洗刷得干干净净……早期的肥皂就这样出现了。

肥皂虽然宏观的"骨肉"已被人发现，但微观结构，却长久地，依然是世人面对的一个谜。

若问：看穿肥皂微观结构之谜，靠什么？

答曰：得靠化学家神奇的眼睛！

在化学家看来，肥皂，无论多沉实，多油滑，多能去污，皆是高级脂肪酸钠在起作用，这高级脂肪酸钠的主要成员是什么？是钠盐和钾盐，这两个家伙的分子端基团就像"两头蛇"：一头很易溶于水，叫"亲水基"；另一头则为"亲油基"，虽不溶于水却溶于油。

我们中国人嘴上常挂着"油水"两字，可在肥皂这里，并不存在有没有油水的问题，而是油水相亲了，你若不信，看看这肥皂去污时的"两头忙"，就明白了。

肥皂一搓抹上人间内蕴丰富的衣物，肥皂与油污分子就狭路相逢，"亲油基"宛如长枪，即时插入油污里，"亲水基"则将油污拉进水中，于是乎，油污已成陷入穷途末路的敌骑兵，被包围，万物之灵还以手搓之、揉之，以水洗礼之，那肮脏，那污浊，还能不被"拉下马"吗？只能被摔打成散状的细小珠滴，被漂洗殆尽，还原出衣物的本色，洁净、美丽。

可以想象这去污浊的过程，是多痛快！

在这人间该有的去污运动中，我觉得值得高度重视，且要认真进行艺术表现的，还有功德无量的肥皂泡。

当污脏们与肥皂分子及水分子一短兵相接，污脏们在衣服纤维上的附着力就开始减小，人施以的搓洗，又助澜推波，更是无法不让肥皂液渗入丝丝缕缕的空气，肥皂泡便产生了……肥皂泡的大小，取决于气量的大小，即肥皂泡中的空气多少，也因此，这人间出现了大大小小鼓胀发育的肥皂泡！

当然，这肥皂泡光彩流转的生命，在于能憋住多久的气，而不全在于运动。

生活，怎么能缺少与污秽不共戴天的肥皂泡呢？

肥皂泡乃肥皂浮泛缤纷美丽的化身。

当然，肥皂泡的产生还得遵循自己的规律。

总如魔幻似的，你越搓洗，肥皂泡在你眼前就生得越多，流转浮泛出弧状的七色神光，也就越美丽，可这肥皂泡的美丽，只能来自那如世人绷得紧紧的脸皮般的薄膜，是这薄膜，扩张了肥皂液的表面积，使薄膜状的肥皂液颇具收缩力，这种液面的收缩力，叫"表面张力"，正是其又弹又拉，方使这人间沾着的污浊，能够脱离得更彻底，令污浊能够更好地幻变为朵朵"恶之花"，随波逐流……

由肥皂泡，我想起了儿子晴川在童年时给我讲过的一个童话：从前有个肥皂大王，总想与人类开个"国际玩笑"。那天，他终于让自己制的肥皂泡，似大江浪潮一般朝陆地喷涌，没多久，陆地泛滥成了泡泡之海，冒头之人，一个个口粘泡泡，活脱脱就像海滩上的螃蟹。幸好赶来了一群毒蜘蛛，二话没说，就吧唧吧唧使劲地吃啊吃，终于将泡泡一个个吃掉。"泡泡吃光了也不好"，儿子说，"那样我就吹不了肥皂泡了。"我知道孩子们都喜欢吹肥皂泡，用麦管或塑料管蘸上肥皂水，小管子含在嘴里，嘟起小嘴巴，朝太阳吹去，肥皂泡从管子里喷涌而出，在阳光下飘啊飘，色彩迷离，幻变出美妙的童话意境。

儿子还告诉我，用热水做肥皂液，吹出的"气球"会更多、更大。

　　我自己也发现，以热水洗衣裳，产生的肥皂泡，比冷水洗时要多得多，去污力亦更强。

　　这是什么原因？是我们天天离不开的水，这能载舟也能覆舟的水，柔软的水，还存在"硬度"，此硬度由某些物质所致。水不同硬度也不同。比如井水，就是含钙、镁离子较多的硬水。你我打井水浣衣，加倍搓抹肥皂，下狠劲地搓揉，也比以硬度低的蒸馏水洗涤衣物来得干净。但假如你将井水加热——加热促进了化学反应，水的硬度降低，肥皂又有了温暖如春的环境，这恰似大赛前运动员经过了热身，就比较容易进入运动状态，主观能动性也得以提高，那除污去浊之力，自然已不可同日而语焉。

　　然低头细想，在这个世界，论皂去污，谁又会以虚幻之泡泡多少论英雄呢？何况这去污的过程，也并非那么和风细雨，即便你不一脸严肃地高举洗衣棒，猛烈地一下下捣衣，你也要亲自出力搓之、擦之，一双玉脚，也可能会深入洗衣盆，踩之、踏之，甚至手舞足蹈，也未可知，你明白，唯如此，才算没让英雄好汉般的肥皂闲置！

　　闲置，乃肥皂的悲哀。

　　何况，这肥皂的闲置，还不同于琴、鼓的闲置，可置于墙上、厅中，可鉴，可赏，多愁善感的诗人或者潇洒瘦弱的艺术家，还可以无中生有，听出音乐和鼓点来。肥皂的闲置，纯粹就是"闲置"啊！是眼睁睁让时间如大江大河般白白流逝的闲置，是两手空空一无所"摸"忍看污秽兴风作浪泛滥人间的闲置。倘若被冷落至墙角一隅，就只有跌入忧伤、哀愤，境遇如斯的肥皂，再遇上阴冷冷、雨凄凄的天气，脸面上濡结些水珠儿，圆溜溜的，真还状如孤寡老人凄冷的泪滴。

　　从这个世界制造出第一块真正意义上的肥皂，到闻一多写出名诗《洗衣歌》，肥皂参加工作已经年，而世界依然污秽，许许多多的肥皂，专业依然不对口，甚至连期待也没有，仍被闲置，被下岗。

我想，发现肥皂已殊为不易，发挥肥皂的作用，更是任重道远。

而且，发挥肥皂的价值，也绝不能依赖什么理论，更不尚空谈，空谈亦误皂也，靠的，只能是让肥皂到位，你撸起袖子，去搓，去洗。

需要说明的是，在这还不干净的世界，肥皂其实也知自己仍有提高的空间。洗衣粉、洗涤剂这些后起之秀，论去污功能，与肥皂已大同小异，但肥皂分子结构中的亲水成分，与这些"后生"比，对钙、镁离子表现得要"敏感"些也"脆弱"些，也就是说，肥皂的去污"立场"，也并非一直那么坚定，每遇污浊，还未全面"交手"，也会产生些不溶性"皂垢"，"马失前蹄"而沉入水底，使去污的大业打些折扣。

可我们的生活，却还未达到可以离开肥皂的时候。

"士为知己者死"，皂为去污者献身。一进入工作状态，你就得消耗自己，你会越来越小，甚至被忘却……

世界已变得越来越小，可肥皂直面的天地，依然很大很大……

**2017 年 2 月 8 日，广州**

# 病　盆　景[①]

自然是人类心智的比喻。

——爱默生《自然沉思录》

## 1

我知道你害怕直面盆景，虽然你有深深的盆景情结，但在盆景问题上，你至今病着，陷入欲罢不能的悖谬，而今天，你仍得走近盆景。

眼前这名曰"滴水不露"的黄杨树桩盆景正在接近你：那些云片，圆似盖，一朵朵呈俯视态，叶绿绿而疏密有致，枝丫丫却扭曲蛇盘。另一柏树桩"步步青云"，长长桩干自盆沿悬垂弯曲而下，似庐山几近干涸的瘦瀑布，枝叶溜溜成团，越往下叶团儿越小。

如此的盆景有野趣可言吗？你很矛盾。这些盆景果真是苍劲雄浑、洒脱飘逸、潇洒扶疏、野趣十足、豪放天然和咫尺千里吗？果真是"无声的诗，立体的画"吗？

---

① 载于《海燕·都市美文》2009 年第 12 期；2009 年获《散文选刊》首届"华文最佳散文奖"；入选孟繁华主编《新中国 70 年文学丛书·散文卷》、林非主编《中国最美的哲理散文》、中国作协创研部编《2010 年中国随笔精选》、《散文选刊》十年间（2001—2010）散文精选本《大地的语言》等。

如此的盆景难道不几成美学的难题和病社会的缩影了吗？

晚清文学家龚自珍在《病梅馆记》里说："梅以曲为美，直则无姿；以欹为美，正则无景；以疏为美，密则无态。"——你认为盆景即便美，也是畸形美，是病盆景，是犹同黛玉的病态美。所有自然物本来都是平等的，都有存在的理由，都不愿意畸形，都希望具有天然美，何况"自然中的丑本是不可能的"（哈格若夫）。

病盆景无疑成了被强制生长之物。所谓"巧夺天工"的形状，什么直干式、蟠曲式、横枝式、悬崖式、垂枝式、丛林式和连根式，即便再好听的名字，都有违天然，这与人病是颇相似的——人病由肌体内部不平衡所致。而人染病之因不外两种：一种是外部的东西直接侵入了肌体，如风寒、暑湿、燥火等直接作用于肌体，而造成肌体失衡；另一种则是肌体摄入的能量不均衡，比如偏食导致肌体失衡。

被强制生长的盆景，竟可怜得连养病的条件和权利几乎都被剥除——疏离了土地山林，周遭尽是人为的病环境，如果还算环境的话。

这些微型筒盆，或圆或方，口径都仅几厘米，比烟灰缸、鸟食罐大不了多少，狭窄逼仄，谁也伸展不开腿脚，残存的生命在如此的屈辱中何以求生？置斗室之中怎能沐浴自由的雨、自由的风，甚至连小虫鸣唱都无法听到，又怎能与自然和谐相处呢？

这是被彻底异化了的环境。

> 人类社会一病，
> 孕育出的就多是病态的东西……

然而，如此的病盆景还是伟大的人类制造的"风光"作品呢。

如此的病盆景——亦真亦伪亦病亦幻的存在，却仍能表现出顶天立地的轩昂气概，百折不挠的顽强毅力，超脱潇洒的清高气节，老而弥坚的坚强意志，乃至仍能给人以自然态的美的联想吗？还能形神兼备、神韵天成吗？

更令你无法说清的，是如此的盆景在民间看来却又是整体协调、和谐统一的——不是树的高矮肥瘦与盆钵深浅长短的协调，就是疏疏密密、俯俯仰仰、起起伏伏的协调，抑或是变化中求趣味、聚散中相统一的协调……任意截取一枝，都自成"艺术"风景！

## 2

作为人，今天你却如孙大圣般一变，也变成了盆景。你已丧失了正常的生活条件，生命贮满了劫难，甚至担忧自己体内的营养供给系统会在某一天清晨被人彻底切断……

是杞人忧天吗？

植物学家认为，在植物体内存在着两条方向相反、功能不同的运输线。树干中自下而上的运输线，将根部吸收的水分和无机物质输送往叶片，而皮层内部由上往下的运输线，则将叶片制造出来的养分运至树根。

有个说法叫做"树怕剥皮"。制作盆景时，倘若树皮被全部剥去，那么根部必被"饿死"无疑，根一死，水分就无法被输送至枝叶，枝叶必随之枯死。连贾平凹在小说《秦腔》里也写过：一旦知道谁"背过了白雪又说她的不是，我就会用刀子割掉他家柿树上的一圈儿皮，让树慢慢枯死"。

好在人出于功利，知道得让你半死不活，不，是半死仍活——以刀砍削去你躯干的大半。就算你还在活，亦是活在病残、痛苦和病态之境中，这并非生活，只算苟活！

你是否希冀天上的云、流动的风、飞翔的鸟能体会你的痛苦呢？你每天承受着无法解脱的痛苦，你欲抗争却无法抗争……你是罹病之人！你成了无法逃离、摆脱痛苦的病人，成了被囚入但丁《神曲》中的炼狱的人！

你只有也只能永久地苟活在痛苦里。

"今人以盆盎间树石为玩，长者屈而短之，大者削而约之，或肤寸而结果实，或咫尺而蓄虫鱼，概称盆景。"（刘銮《五石瓠》）即便如此的"水旱盆景"，单从这些汉字，我们就听到了高高低低的木石的哭号。

病盆景承受着人类的苦难，
社会的苦难长成了病盆景。

"苟活者在淡红的血色中，会依稀看见微茫的希望……"（鲁迅《纪念刘和珍君》）然而在这人的世界，变成了盆景的你、苟活的你，却何曾能看到什么希望呢？

## 3

在她的身上，还曲折地体现了人的病态审美观。

自然的根源在人类的心智中。

——爱默生

她之所以出现如此的形态，是因为作为文化动物的人，其病投射入植物——盆景成了人类扭曲心灵的雕像。

你大抵还记得北京天坛公园里的那些辽代古柏吧？古柏的形成层已衰老死亡，树皮尽脱，那些没有施予任何人工斧斤而天然形成的舍利干和神枝，真是古柏形态的妙物天成啊！然而，伟大的人为役使柏树盆景早日变得苍劲古朴，竟一反天然，为所欲为，施以绑扎，施以刀斧。

制作她是严格根据仿生学的。为驱使柏树枝条变形，就将金属丝与杆、枝条的夹角硬扭呈45度——牵牛花、茑萝、金银花在篱笆上攀援时，就是以45度角缠绕上升的。

也讲求"随人意赋形"。比如，一看好雀梅身上的某个部位，即以利刃凿一条深达木质三分之一的槽，想扭曲多少就多少，尔后裹以麻皮、扎以钢丝，至少捆绑逾三年方拆除。在漫长的三年日月里，间施以矮壮素遏其伸长。

更对她动辄施以大写意手术。大刀阔斧，大起大落，删繁就简，例行嫁接、蟠扎、修剪、提根，以呈虬曲苍劲之貌。如此术后的桩材，经由泥盆一两年"培养"后，方植入古雅逼仄的小盆。

此等制造盆景的伎俩，不是既倚托了扭曲的物象，又展露着人类的病态情愫吗？

明代屠隆在《考槃余事》中述制作松树盆景，就表白是以"马远之歆斜诘曲，郭熙之露顶攫拿，刘松年之偃亚层叠，盛子昭之拖拽轩翥"四大画家的松树画作为典范。

人的心术异化入了盆景……

即便情郁病梅的龚自珍，对活生生的梅同样是"斫其正，养其旁条，删其密，夭其稚枝，锄其直，遏其生气"。

"外师造化，中得心源"本是中国艺术的主张，但在制作盆景时，人却一以贯之地"伤残造化"……中国传统艺术的许多观点，真是淋漓尽致而且发扬光大入制作它的过程了……

时至今日，聪明的人类业已形成的自成体系的病态的审美观念和刀不见血的操作规程，都付诸制作盆景的伟大事业了。

凡审美的都在尊重自然吗？

都能"天人合一"吗？

……打着审美的旗号，于白天，

人在制造夜色的艺术……


## 4


人与盆景，乃至与植物本应如亲兄弟般相互尊重，抑或是"佛面互见"。这才是正常的关系。

美在关系。

——狄德罗


只是这大千世界里的关系，因为有了人的存在，未必都美。

岂不是吗？人一狂妄就"一览众山小"了，就变得心中无自然，目空一切起来，"老子天下第一"起来……略施斧斤，就将一些树木禁锢在逼仄的花盆里，像裹女人的天足成三寸金莲一样，剥夺其自由生长的权利，使其承受摧残……其实，对于人，这实在是算不上什么的，只是"雕虫小技"而已……

美，与爱、良心和尊重，

本应水乳交融。


人与盆景的如此关系，不已构成悖谬了吗？

人爱美，并没有什么过错。以美为目的的行为本来也不应该产生什么丑。

然而，事实却非如此。真是应验了"美是难的"这一句古希腊谚语。

何况若无人制造盆景，让植物自然生长，就不会有盆景之美，不会产生由一棵树或一片石表现的无限的精神世界；人追寻美、爱美却在制造病美，竟会弄出这"丑"，会"好心办坏事"而伤害树，换言之，欲美，而这美，竟是病美，竟是大错，竟原来是丑啊！

据传，龚自珍面对买回的三百盆病梅盆景，痛苦着甚至还可能是哭泣了三天后，便立誓"疗之，纵之，顺之"，尔后逐一解开捆缚病梅的棕绳，砸碎了全部花盆，而移栽全部病梅于南山了……

然而，如此的作派正常吗？尽管如此是符合现代生态观的。

## 5

从树上爬下来直立行走后，这"人"，就在天天骄傲于"智慧"的同时，也日日迷误于"智慧"了。"聪明反被聪明误。"果然，人掌控的技术愈多，就愈迷失于技术主义的阴云，愈陷落于自己制造的病灶；表面看人是在披着五彩朝暾昂首阔步地进步，而从本质上看却是在一步步滑入落日的余光。

——病盆景的"生长"过程，与人的异化或人的病化原来竟是同步的啊！

病盆景作为极端复杂的文化现象，突然就教我想起物理学上的一个概念——惯性。

惯性是一种自然属性，是谁也无法抗拒的自然属性，要命的是——这种自然属性也会衍化成人的"思想惯性"。

对"病的艺术"——盆景的追求，不已表现出惊人的思想惯性吗？

——左右惯性的其实还是，也只能是文化或者文化心理。

谁能估算出文化的力量到底有多大呢？

我还想起摩罗在《文化对人类本能的制约》中写的不同民族的男人对妻子私奔的不同反应。

> 爱斯基摩人多半会将诱惑妻子的男人杀死，以此捍卫丈夫的尊严。这种仇杀如果一时无法得手，迟至十年之后还会拉满弓弦。切依因纳人（北美印第安人的一支）则做出一副无所谓的样子，那意思是我怎么会那么在乎一个女人的去留呢？他们不会有激烈的反应，只是要求诱惑者提供一些财富作为赔偿就够了……他们是一个节欲的民族，并不在女人身上表现男性的尊严，所以不会为女人爆发深刻的仇恨和愤怒。

这个例证，我以为已足以说明病文化对人的影响了。

> 啊，盆景——受人异化的"艺术"，
> 被强大的"人权"左右的"艺术"，
> 被病文化扭曲的"艺术"……

今天，自然的衰败与人的异化速度正在同步加快。

盆景依然被一天天制造。

或许，人与盆景的问题，乃至人与自然的关系，唯有在人类消亡之后，才可能趋于和谐吧。

这地球村，难道不早就是一个硕大的病盆景了吗？

——你救得了盆景吗？……

# 敬畏口罩外的微生灵①

　　*自然生态、精神生态和社会生态倘若继续畸形性失衡，人*
*类必将遭受更多"瘟疫"之报复。*

——手记

## 一、 人类一直被微生物重围

　　多年以后，你回看这场大疫，仍将肉跳心惊！

　　中国的脚步才迈向庚子年门槛，诡异的大疫已波及武汉，震惊全
国，对国民、对人类的责任和担当，重于泰山，中国果决对武汉"封
城"，封城的日子，距春节仅剩两天。

　　一座千万人口的英雄城市，轰然一声，城门该关就关了……死神的
黑翼犹预警扇向世界……中国人何曾有这样的春节？人类一脚前一脚
后，都陷入了"瘟疫大陷阱"。

　　这陷阱何其大？空气拥裹，苍茫其高，经纬之上，"阱"满全球——
筑就陷阱的病毒，口罩、谣言和生死，迅即"全球化"了。

---

① 载于《北京文学》2021 年第 3 期；中国作家网 2021 年 3 月 18 日转载；"今日头条"
2023 年 10 月 23 日转载；2022 年获首届刘成章散文奖。

欲局部"去瘟疫陷阱化"对一国一地，都何其之难，而中国就硬做到了，但诡异的疫情总伺机再起，病毒总出现于"新发地"，某些国家还疫情伴"乱象"丛生……

人类若不对大自然"出轨"，会产生如此的瘟疫陷阱吗？人类，本是可以和包含病毒在内的微生物继续"井水不犯河水"的，从古至今，它们不都在"呵护"人类吗？

大如海洋，吞云吐月，

这微生物的世界……

一直以来，你基本是无视微生物的，甚至蔑视。你不太清楚微生物是肉眼看不见的微小生灵的总称，微生物包含病毒、细菌、真菌和一些小型原生物、显微藻类等。微生物们的"身材"，普遍简单，出没土地深浅处，已证实有微生物可生活在地下 19 千米处。

在大海最深处、水深 11 000 多米的马里亚纳海沟幽暗的底部，也生活着神秘的微生物群。这个海沟，若是将整座喜马拉雅山移入，山顶要露出海平面都还得再长 2 000 多米。

那不胜寒的高处，微生物，也有，能扶摇空气漂泊至离地面 36 千米。雪花体内的微生物，可以促进雪花成形。假如尘世没有微生物，锦绣河山必将减少万里雪飘，减少下凡的生命。

若问：地球上第一批生命是什么？答：是微生物。

生命刚在地球上产生动静时，大气中氧气还很稀薄。25 亿年前飘忽于地球的氧气，由微生物成员——海洋聚球藻"制造"的已有四分之一以上。你难以想象远古的蓝藻菌，是如何钻入植物祖先的细胞演化出制造氧气的光合作用器官——叶绿体的。

事实上，你身体里外的各个表面，均已被细菌、病毒、真菌和其他的微生灵公然覆盖，更要被长期占领，它们的数量超过万亿。你血液中也有微生物，肺部和尿液中，也有。

你吻上十秒，她与你就交换了几千万个微生物。你喜欢吃辣是你肚子里的微生物习惯吃辣。夫妻相何以形成？原来是夫妻体内的菌群已趋一致。人类不是总讲团队合作吗？众小细菌早已进行星球式运作了。一个细菌耐药，耐药基因旋即传遍细菌共同体。

苏东坡不是自嘲满肚子不合时宜吗？其实该是他肚子里正胀躁微生物。

微弱却大音希声的微生物，一直密密匝匝地包围着人类社会，而病毒——微生物社会的风云成员，却并无完整的细胞结构，唯寄生于宿主的活细胞方能生存，还不必签啥合同，就在人类社会，横空出世。

病毒是人类的"养母"。

假如请生物学家写"历史剧"，必含一亿年前人类的祖先被一种病毒感染的情节，此病毒的基因竟合成了蛋白质——"合胞素"。合胞素可增加雄性小鼠的肌肉质量，能潜移默化地塑造生命体，这就是雄性哺乳动物的肌肉多于雌性的原因，更惊人的发现是这"合胞素"——竟是早期的胎盘！这可谓地球村的重大事件——"哺乳动物"将冒出地平线，新物种人类也将沐朝霞从远方走来……

病毒在地球上有多少？一般认为有 200 万种，传播入人类的已达 263 种，这个数量尚不及疑似潜伏、可能感染人体病毒总数的 0.1%。按耶鲁学者齐默在《病毒星球》中的说法：病毒不是多如牛毛而是多到令人发指！

地球不又叫水球吗？你在海里游泳就等于在病毒森林游窜，每升海水里含病毒 1 000 亿个。

你吐纳生命，你只要吸气，即尽尝微生物的辛酸。多数微生物并不伤害你，但不等于有的不保留"训诫"你的权利！

想想，在众多微小生灵中，"新冠病毒"一报复，人类就齐齐跌入瘟疫大陷阱，死不了，就唯有坐"阱"上课，上一堂面对自然生态、社会生态和精神生态的省思课。

人类靠自我膨胀，果真就做得了地球的主宰吗？……

## 二、"冠魔"奇幻而诡异

冠魔——我须这样称呼"新冠病毒"。冠魔的庐山面目，竟形如球形苍耳，冠刺直射，雕塑一般，可谓鬼斧神工。性情反复，如鬼魅般寂静，却能让人感觉其身影似在亲近你。

还阴美冷艳，令人心发紧。

冠魔和其他病毒一样，从无代谢功能、无保护伞，以寄生为最主要政策，总在复制增殖——"培养"一代代病毒"接班人"。

它进入你，进入呼吸道，进入肺，
进入眼睛，进入体内，进入心肝，进入血，
它摧毁你的免疫系统，肆虐。
疫死你的思想……

冠魔集中攻击的，是人类最致命、最自由也最不值钱的权利——呼吸，然能耐心超强悠着性子打太极，进入人体后可无症状潜伏 14 天甚至更长光阴，叫你不得快死，以传染更多的人。

冠魔传播方式神鬼莫测，攻击路径窜闪腾挪，还会搭气溶胶御风而行。

且无特效药。治愈后仍有人复阳。

生态法则认为，"每一种事物都与别的事物相关"。冠魔暴发还百分之百属于"蝴蝶效应"——

　　一只南美洲亚马孙河流域热带雨林中的蝴蝶，偶尔扇动几下翅膀，可以引起美国得克萨斯州的一场龙卷风。

此即美国气象学家罗伦兹创立的蝴蝶效应学说，意谓由蝴蝶双翅扇起并不起眼的微弱气流，竟可不断"涨大"而引发空气或其他系统之连锁大反应，最终还能酿成可怕的龙卷风。学说创立的灵感来自气候电脑模拟图如蝴蝶展翅。

依据这一学说，我们可作出推论：某地或是多地的"零号病人"，最初亦如"蝴蝶"扇起的微弱"气流"，正是其连带效应以惊人速度涨扩传播，云水激荡，陷阱丛生，终于演变成旷世"球疫"，且至今尚不知导致"零号病人"出现的冠魔，是源自什么动物，何况冠魔还可附上冰冻海鲜诡秘"偷袭"……

冠魔的"诡异"，仅有这些吗？非也！

冠魔亦是"黑天鹅"。

著名的"黑天鹅"理论创立者塔勒布认为："黑天鹅"的"高飞"必得三个条件齐备：

一是它具有意外性；

二是它会产生极端影响；

三是虽然它具有意外性，但人凭本性总试图编造理由以解释，似乎整个事件看起来并不会那么随意发生，而是事先通过这样那样的分析可被提前预测。

今天来看，"球疫"的产生、表现和影响，与这一研究高度不可能事件、不可预期事件及其强大影响力的"黑天鹅"理论，不是全然吻合吗？

冠魔攻城略地强势极端，在短时间内就引发出"球疫"，连饮誉世界的"病毒猎手"伊恩·利普金教授都"中招"，谁也始料不及。

冠魔甚至将口罩异化成全球敏感词。

> 戴口罩在有的地方是犯罪，
> 在有的地方不戴才是犯罪……

口罩成了头面之物，成了庚子年年货、国际礼品和全球争抢的硬通货。

冠魔横行，西方有的政治人物仍傲慢地说："我们不需要戴口罩，这违反人权，违背自由精神！"某些国家何以防控如此狼狈？这与他们崇尚极端个人主义，自视自由价更高，大有关系。

冠魔已让世人明白——

> 没有人是与世隔绝的孤岛，
> 每个人都是大地的一部分；
> ……
> 任何人的死都让我受损，
> 因为我与人类息息相关；
> 因此，别去打听丧钟为谁而鸣，
> 它为你而鸣。
> ——〔英〕约翰·多恩《没有人是一座孤岛》

冠魔当前，所谓的国界、种族差别与文化差异，是全然没有意义的。

## 三、 万物本有楚河汉界

任何瘟疫，终将乘黄鹤西去，现在，我们将目光转向草履虫。

草履虫何物也？是一种其貌不扬的原生动物，扁圆筒形的身体，侧面看去就像草鞋，很弱小，体长仅180—280微米。

但草履虫和其他物种一样，各有各的"江湖"，精准地说，即凡有同样生活习性的物种，绝不会在同一地方竞争同一生存空间，如果同居一个区域，则必有空间分割（或食物区隔）。换言之，即弱者与强者若处于同一生存空间，则弱者也自会有属于自己的生存空间——这就是源自实验的伟大的"生态位法则"。

那天，俄国生态学家和数学家格乌司将一种双小核草履虫和另一种大草履虫，分开养在两个浓度相同的细菌培养基里，不过几日，数量均增加了。把它们同时再置于同一个培养基16天后，双小核草履虫们仍活得心满意足，但大草履虫却已杳如黄鹤。

是何原因？看记录，谁也没有分泌啥有害物质，更无相互残杀。原来，是竞争相同的食物时，双小核草履虫吃得多，长得快，且霸道，大草履虫只能出走"江湖"。

格乌司又做了一个实验，将大草履虫与另一种袋状草履虫一同放在一个培养基中。咦？虫们却相安无事，都快乐异常。原来，尽管两种虫子吃同一种食物，可袋状草履虫嗜吃的，却是大草履虫不看好或不需要的部分。

真是造化神奇啊，万千物种，肉食者、草食者各占"山头"，各行其道，猫头鹰夜行，狮虎夜出，鹰击长空，鱼翔浅底……自然界物种竟各有"楚河汉界"!

> 自然界所懂得的是最好的。
>
> ——巴里·康芒纳

君住江之头，我住江之尾。众生循道，互敬互重，如此这般，岂能不安详和美？

但是，这里却隐藏一个问题：既然万物需互敬互重，那么对冠魔，人类也该敬重吗？答案是肯定的。

曾经肆虐地球村的流感病毒、艾滋病病毒、埃博拉病毒和"非典"病毒，哪一种不是越"楚河"而复仇"汉界"？

HIV-2型病毒原是西非白顶白眉猴携带的一种SIV病毒，经演化而成HIV-2型艾滋病病毒，是西非猎人大量捕杀这种咬人的猴子，遂使HIV-2型艾滋病病毒"越位"染上人体，再借助蝴蝶效应，恶栖上人类。

我突然觉得有必要杜撰个新词——"生态有界和美体"，我视其是地球村最理想的生态体。此生态体中人与万物既各自独立，各美其美，各据"江湖"，又恪守"有界"；既互敬互重，互不侵犯，又和而不同，和美共处。何以不称共同体？我想"共同体"之"同"乃"你中有我，我中有你"之"同"，而在"生态有界和美体"里，却并非所有成员都适合"你我同体"，如"越界"的冠魔，能与人类"和美同体"吗？

## 四、 抗疫有 "盾"

历史将铭记，无论冠魔如何进逼，人类都一度只能以大"盾"、小"盾"招架，步步退缩，并无特效药可恃。

大盾者，即城墙和私宅之"墙"盾也。墙，既是战场，也是战略和战术，更是前沿；是名词亦是动词。宅家即流行词"猫家"，你猫家，"庭院深深深几许"，横竖看，都是猫在"笼"里。

曾疯传过这么个段子：

一直以来，人类总是把动物关进笼子，而今天，它们却终于成功地将人类关进了笼子！

但，你的思想却不那么容易被"笼"着。

书画家都在写"辛弃疾，霍去病"，贴蝙蝠图，祈求"百毒不侵"。你却想，假如人真是"蝙蝠体质"，百毒不侵，才真叫福气。

蝙蝠身上存在的病毒就有上千种，本是名副其实的"毒王"，何以不受病毒侵害呢？

生物学家认为，作为全球约4 600种哺乳动物中唯一的飞行者——蝙蝠，飞行时身体会产生大量的热量，体温可升至38—41摄氏度。如此高的体温，可适当抑制病毒复制。不仅如此，蝙蝠通过长时间进化，体内被称为"干扰素"的干扰素基因刺激蛋白会被抑制，既可抵御病毒的侵袭，还不至于引发过度的免疫反应。

人可能有"蝙蝠体质"吗？你想象家之四壁如被蝙蝠趴满，百毒也就该被拒之门外了吧。

想到这里，你突然就上了屋顶仰观天象，地球还在转，青山依旧在，街上却空荡荡，连一只猫也没有，想来都在猫家。根据卫星云图显示，冠魔的大功劳之一，是让地球洁净了许多，夜空，果真似洗过脸，真洁净多了，也寂寞了许多。

你突然大惊，明白人其实是可过简单生活的，五谷杂粮有，油、盐有，水有，醋在，就够了。猫家期间人们过的不都是环保式的生活吗？

何以要贪婪地侵害自然，反惹"球疫"祸身呢？猫家，不就是要你禁足，别聚集，人越少的地方越康宁吗？这等于在喻示：人类欲出"樊笼"，就须回归"南山"，这才是真正的诗居自然。

你更醒悟"冠魔"的报复，是不看贵贱的，是以全人类作为整体报复的，这不也是自然律吗？即使你人类自视再高贵，仍不过是大自然的一介子民。

如此想着，你觉得自己有成为哲学家的危险。佛家不是说"无常"吗？佛却说人是"渐渐死"的，可一夜间原本活生生指点江山的许多人，说殁就殁了。难怪，你放完风归家，门卫，总要操着横看竖看都是家伙的测温枪直抵你的脑门，逼你回答的，竟全是人生的终极问题：

你是谁？

你从哪里来？

你要到哪里去？

大"盾"贴身困难，幸好我们还有紧贴脸面的小"盾"——口罩，这场"第三次世界大战"，靠的，仍是农业社会的冷兵器"盾"。

口罩真是阻隔气溶胶的好兵器啊，因为空气已病，病毒、细菌、植物孢子粉和汽车尾气微粒等乌合之众，在空中组成气溶胶，载沉载浮。

山川异域，要戴口罩，口罩也好啊，尽管让你呼吸不太顺畅，可为了活着你还得戴着。

那夜你再次爬上屋顶仰观天象，但见苍天密罩厚沉沉的云——原来苍天都戴上口罩了！你顿时开悟了——

这大"盾"、小"盾"，竟原是冠魔将"楚河汉界"逼近人身，位移至人类的嘴脸之上了啊……

## 五、 生命关 "真"

人类若不甘心被开除"球籍",劫难当头,就该求真务实,推崇科学,然而全球抗疫期间,撒谎作假,竟然甚嚣尘上。

我们知道他们在撒谎,

他们也知道他们在撒谎,

他们知道我们知道他们在撒谎,

我们也知道他们知道我们知道他们在撒谎。

但是,他们依然在撒谎。

——索尔仁尼琴

"球疫"的源头是何处?"阴谋论"不只是谎言,更有人视众生性命为草芥,推卸责任,尽心"甩锅"。

凿穿谎言至少需要时间。科学对瘟疫的认识,每一步都烙下淌血的脚印。《圣经》说鼠疫是来自上帝的惩戒。而基于微生物学的发展,直至 1894 年人类才搞清鼠疫是鼠疫杆菌作祟,鼠疫的真正"失业",却是由于 20 世纪中叶有了抗生素。

"球疫"期间,还有人提议须立法灭杀蝙蝠、穿山甲、蜈蚣一类野生动物,说是"非典"的发生,就是果子狸将身上源于蝙蝠的病毒传给了人类。

——真可施行"生态灭杀"吗?

其时的朋友圈正疯传美女炫吃蝙蝠的视频:油乎乎两片红嘴唇,瘆人的红指甲,边撕扯带毛的烤蝙蝠肉,边嚼得津津有味,犹同《西游记》走出的女妖,网上炮轰者有之,惊异者有之,支持灭杀蝙蝠者甚众。

野生动物身上，的确寄生着许多细菌和病毒，这你能怪它们吗？这是它们长期栖居恶劣生存环境所致，何况它们或许还有自知之明："不但将自己的体态进化得丑陋可怖，而且始终远离人群、隐蔽在荒僻的密林、洞穴中，从不招惹人类。反倒是人类为了自己变态的嗜好，长年捕食它们，人类因此蒙祸完全是咎由自取。"（鲁枢元《关于"生态灭杀"》）

它们或许还是远比人类出现更早的地球村民——人类有什么权力"灭杀"它们呢？

蝙蝠作为食物链中不可或缺的一环，也并非一无是处，其从不主动"越界"攻袭人类。存在于天地间者，必有其合理之处。假如将蝙蝠"灭杀"，将蝙蝠视作天敌的蚊子必将肆虐尘寰，黄昏到处蚊子飞，不是有统计说蝙蝠一夜间就能捕食蚊虫 3 000 多只吗？蝙蝠若果真被"灭杀"光，那么以依附蝙蝠为生、居生物链下一环节的动物和微生物势必随之灭绝，一条完整的环环相扣的食物链必将重新洗牌，全球生物界大浩劫，将无法避免。

> 苍穹之下，自由的风，
> 鸟兽归林，草木荣枯，
> 每个生命都值得尊重。
>
> ——玉镯儿《苍穹之下》

可见，人类灭杀它们，即使不等于是朝大自然举起屠刀，也是与大自然的成员为敌，把自己推向血色夕阳……

其实，即便是病毒也未必是非要灭杀蝙蝠、穿山甲一类宿主而后快的，何也？病毒寄生宿主，为了起码的生存，宿主本是它们的"饭碗"，谁愿意砸掉自己的饭碗呢?

人类,不妨也反过来想想:大自然会生"灭杀人类"之心吗?

"为何新冠疫情会暴发?"印度女智者普瑞塔吉在"球疫"初期,有个视频演讲,就关涉大自然对人类的态度,其独特的省思,舒缓谦恭的声调,真宛若天外梵音:

> 大自然是一位伟大的实验者,它如何做实验呢?基本上它摒弃物种——那些无法支持整体的物种,而且它几千万年来持续地做实验,它摒弃了恐龙,它可能也摒弃了剑齿虎,它还摒弃了腊玛古猿……
>
> 人类物种能否继续存活呢?你确定我们将永远存活下去吗?如果你要永远生存下去,则代表你必须是对整体有益的;如果对整体无益,大自然会怎么做?它会摒弃我们,我们对整体来说是有助益的吗?
>
> 如果你有可能和地球进行对话,你认为地球会喜欢人类吗?地球会告诉我们什么呢?地球,肯定非常不快乐……我们残忍地对待我们的星球。如果你看到哪些物种要杀害其他物种,前者一般只是为了自己的生存,只有在受到威胁时,或在非常饥饿时才如此。但是作为人类物种,我们杀害其他物种,不是为了自己的生存,而是为了证明我们比其他物种优越,为了证明我们能掌控整个地球,甚至只是为了享乐。现在暴发了新冠疫情,外面的世界出现了巨大的风波。如果新冠病毒是大自然灭杀"人类病毒"的方式呢?这个可能性不是很大吗?我们人类对整体来说是有益的吗?我们已经一再看到大自然在摒弃我们……

# 六、 敬畏的内涵须开疆拓土

一直以来，世人皆说"人与自然"，注目自然生态与人的精神生态的多，关注社会生态的少。实际上，社会生态是由人的精神生态和自然生态共同构成的，"自然生态、社会生态和精神生态不但直接交流呼应，而且处于三层同构、全息、交感、互融的结构中，正反双向互动，显性、隐性的多层共生。"（肖云儒《中国古典绿色文明》）这场"球疫"，首先是精神生态与自然生态关系"异位"乃至"断裂"，病毒的报复性钥匙插开人类之锁，殃祸人身，加上瘟疫还属社会性疾患，无法如常见疾病那样完全可由纯粹的医学所控制，于是经瘟疫"催化"，社会生态即动荡如海啸扑岸，发生蝴蝶效应，促发了不同民族、不同国家、不同价值坐标、各种新旧矛盾的全面冲突，社会生态从此走向失衡，世态失常。

> 人类从历史中学到的唯一教训，就是人类无法从历史中学
> 到任何教训。
>
> ——黑格尔

十多年前那场非典疫情，自然生态、精神生态和社会生态"三态"矛盾同样激荡，我们又吸取过哪些教训呢？

须知，世人对"三态"的态度，同样符合"生态作用与反作用力定律"：你重视我，我也重视你；你轻慢我，我也轻慢你。

而"球疫"暴发后人类的危机，确乎已一步步转为全球人类的精神生态、社会生态能否合力抗疫的问题，当然，也涉及敬畏问题。

敬畏内涵的与时俱进，已刻不容缓！

　　"祸害—共处—敬畏—呵护"，我认为客观上已成为人类面对"三态"从低而高的态度层级，而我们仍多在前两级徘徊。人类假如依然忽略"三态"中对任一态的敬畏，都将走入命运的死胡同。

　　*政治病毒、精神病毒和自然病毒一直沆瀣一气。*

　　而且，在科技日益"不可一世"的当世，人类还须敬畏科学技术——岂可将科技当成手中的面团，想怎样揉就怎样揉？

　　而今天人类对自然的敬畏，即便多少还有，也多是宏观式敬畏，多是敬畏诸如火山、海啸、地震等。宏观式敬畏固然重要，但微观式敬畏——对微生灵的敬畏究竟有多少呢？

　　这场"球疫"表明，对微生灵的敬畏是何等之重要。微生灵，不仅仅是自然生态链的一环，一样承载着自然、社会的全部信息以及人类的未来，既有喜怒哀乐，还深通天地命门，手握远比社会规律、政治体制更诡秘、更防不胜防、更严苛的生态法则。

　　人类历史上暴虐的"十大瘟疫"，哪一次不是微生灵所为?!

　　1347 年开始，黑死病席卷欧洲，6 年内死亡 2 500 万人，占了欧洲人口约三分之一。仅三个月，最繁华的佛罗伦萨，百姓就死去近半。"……每天黄昏，都有人推着独轮车，手摇着铃到处喊：'收尸了，收尸了！'家家户户就会开门将尸体搬至车上，推到城外焚烧。"（麦克尼尔《瘟疫与人》）患者家的门窗被强行以木板钉死，活活饿死许多人。只要身上长点皮疹，就会被拉去活埋。然而，这场黑死病，竟轰然撬开了中世纪的铁幕，犹江河决堤，从佛罗伦萨呼呼引燃起以人为本的"文艺复兴"之火……

　　而"导火线"竟是热那亚的一艘船，停泊意大利时有几只携鼠疫杆菌的老鼠跳下船后，泅游爬上了岸……

> 敬畏是一枚严苛的硬币，
>
> 正面乃敬重，反面是畏惧。

人类作为物种，还有什么理由不该从沉淫享受"病毒星球"的"母性"（善性）中警醒，而不强化对微生灵"父性"（恶性）的敬畏呢？

## 七、 建构生态渡舟

纵观自然史，大自然之"行为"即便再貌似偶然，仍不违背"一切事物都必然要有其去向"的生态法则。"三态"的持续恶化，使"黑天鹅"进入频繁出现期，可能随时击水，振翼起飞……这场"球疫"就以黑色死亡训诫世人——想活着，你的免疫系统就须足够强大！

免疫系统有哪些功能？第一要能清除体内垃圾，第二才是抵御疾病，这是美国著名华裔免疫学家陈昭妃博士的观点，她打比方说：你眼前一堆垃圾飞起苍蝇，不等于是苍蝇制造了垃圾，也曾认为苍蝇是病因，以化学武器灭苍蝇，可垃圾堆仍有蚊子、蟑螂和老鼠，灭杀将无休无止，因为真正的原因还是这堆垃圾。你如果清除了垃圾，蚊蝇还可能繁殖吗？同理，人的免疫系统如果足够强大，足以清除垃圾般的病毒，病毒就无法在人的体内存活。

由此我想及"三态"如能彻底清除各式"垃圾"，地球村就有可能构筑出最高境界，这最高境界是什么？——生态和美！

而有一条船，自从陷入"瘟疫大陷阱"，竟上演出一幕简直就是生态和美反面典型的"浮世绘"——

2020年1月20日，一艘堪称海上五星级酒店、全球最豪华邮轮之一的"钻石公主号"，由日本横滨开启"初春东南亚大航海"之旅，计划2月4日返抵横滨。

这可是艘"白富美"的邮轮，船高 17 层，全球 56 个国家和地区的 3 711 人上了这艘船。船泊于香港时，有位乘客上了岸，不日即被确诊其感染冠魔，从此死神旋即上船，噩梦开始了。

邮轮唯有提前返横滨，可尚未近岸，就来了通知：邮轮不允许靠岸！

怎么办？船是英国人的，却由美国人租赁，船上的美国游客 428 人，人数排名第二……日本人甫一交涉即陷入了窘境：美国佬大打太极，英国人作哑装聋，说这事就该由美国人扛！船上多半是日本人，船又泊在日本，日本却阴差阳错并无邮轮管辖权。

这球，最终还是被踢到日本人手里，允许船靠岸吗？连检疫、隔离都困难，"把权力关进笼子"的日本，手脚被捆得死死的。噩梦，成了厄运！

此时的邮轮可沦落成真实版的"流浪地球"了——"海上隔离"谁知会多久？是无家可归，还是有家难回？到处都是岸，却又无岸可靠……苍天有眼吗？大海茫茫……

船上的"三态"，已是"囚"境。

1 337 间豪华客舱全然没有窗户，病毒可经由中央空调"拜访"船上的每一个角落……

船上有隔离措施吗？没有，连一个传染病医生也没有，也见不到几只口罩。在轻轻的海风中，病毒可能已与你拥吻……

相关之国，都在推诿"甩锅"……末日情绪弥漫全船，"社会生态"滑入黑暗。

到 5 月 16 日，船上被确诊感染冠魔者已达 721 人，死亡 13 人，无症状病毒携带者已过半……更有诡异的"风暴"，一个接一个地在"孕育"……

一艘原可航行在阳光中的豪华游船，因为"三态"的失衡、恶化，沦落成了恐怖之船、监狱之船和死亡之船……

——已完全成为"球疫"的"压缩版"！

——细想，我们人类"寄生"的地球村，又何尝不是病毒昼夜出没、诡异合唱的"大航船"呢？

研究表明：冠魔与菊头蝠的SARA冠状病毒存在96.2%的序列同源性。冠魔陆续出现"新发地"，教人想起某生物学家发表的观点："很多蝙蝠的洞就在一些海域和河流旁，涨潮的时候，蝙蝠粪难免进入海水，污染海域和河流。蝙蝠粪便虽只如米粒大，却含有上亿个病毒。"

况且，由于"球温"的持续上升，地球两极的冰川正加剧融化，那些在极度冰冷环境下休眠、对环境适应能力强盛的病毒、细菌，或许已经"复活"，飞出了潘多拉魔盒，或已"扩散"至茫茫海域，还很可能栖附鱼虾被捕捞上了岸……它们，可都是人类非常陌生的"新魔"啊……

又何必讳言呢？这场"球疫"，无论作祟的是新魔还是旧鬼，对尘世"三态"造成的深刻影响、激荡乃至变革，其颠覆性，都必将史无前例，且已日益显现……

> 人类，急需"病毒疫苗"，
> 更需有"精神疫苗"……

受难的人类已走至十字路口……

水能载舟也能覆舟，凤凰浴火可以涅槃——被"大疫之火"熔炼的地球村，是否有可能犹如凤凰浴火般新生，打造身披朝霞、遨游太空、生态和美的渡舟？……

**2021 年 1 月 8 日，广州**

# 夕阳笼罩的珊瑚①

> *珊瑚殇是地球村走向灭绝物种的隐喻，更是大海中的人类镜像。*
>
> ——手记

## 1

你关注"珊瑚屋"经年，眼前的珊瑚屋，怎么看都像房子，人的庇护所。

光天化日下，人们将一块块珊瑚石任意削切、赋形、叠砌，还不用什么黏合剂，水一浇，珊瑚石就已黏结，垒起坚硬的墙，珊瑚屋即耸起焉，冬暖夏凉，台风吹不倒，雷霆也难轰——可在你看来，其却是已终结生命的东西，是死亡的风景和传奇……仍在日升月沉中，面朝大海，听海的呻吟……

近日你更是惊恐地发现，任由大写的人若无其事出入的珊瑚屋，乃至海洋中死亡的珊瑚礁，纵然不适合叫碑，其形其质，竟也百分之百像

---

① 载于《北京文学》2023 年第 2 期；中国作家网 2023 年 2 月 22 日转载；"今日头条" 2023 年 10 月 23 日转载；《海外文摘》2023 年第 11 期转载；2023 年获第四届丰子恺散文奖。

碉堡——"珊瑚堡"！

当然绝非常规意义上的碉堡！而是反生命的、内殓一条条死亡微生灵——珊瑚虫尸骨的碉堡！

想一想，这世上的碉堡，有哪一座不是弹洞着历史，伤痕着血雨风云呢？哪一座不是朝人间哒哒哒发射仇恨子弹的呢？

那座也含"堡"字的大堡礁，作为澳大利亚昆士兰州象征的著名的大堡礁，你多年前是去过的，夕阳下，你惊异，这望不见边的大堡礁，这被选入世界自然遗产，全长 2 011 千米，最宽处达 161 千米，纵贯澳洲东北海岸的大堡礁——小生命还在灵动的珊瑚礁。对这座世上最大的珊瑚群聚地，不久前，就已有海洋生物学家毫不客气地预言：假如生态恶化不急刹车，再过 70 年，大堡礁就将完全死亡！

也就是说，那时的大堡礁，就将沦落为世界上最大的"珊瑚堡"！

显然，现在的大堡礁，还不全然是"珊瑚堡"，因为其上尚存珊瑚虫在苟延残喘；只有全然丧失生命的珊瑚，才算"珊瑚堡"。

世人似乎经常忘记，这地球村的珊瑚和我们人类，都是平等的、活生生的物种。珊瑚，主要散落在太平洋—印度洋赤道两侧、南北纬 30 度内的范围内，大西洋的，则局限在加勒比海地区。珊瑚曾经存在 7 000 多种，今天已减至仅 2 000 多种了。我国近岸的珊瑚礁，也缩减了 80%。至于海洋中有造礁能力的珊瑚，当今已仅存 500 多种，这类造礁珊瑚，全生活在不超过 50 米的浅海水域。在 22—32 摄氏度的海水中，珊瑚才适宜生活；一旦海水低于 18 摄氏度，珊瑚就只好命归阎王了。

透过显微镜，我们可清晰见到珊瑚上聚集着无数珊瑚虫，天授神予的珊瑚虫，无花容月貌，形象并不太入人眼目：只有褐色水螅形个体，圆筒口袋形身子，最长者也只有 3 毫米，针尖尖大小，头与躯干并无啥区分，身体中部便是著名的独具消化和吸收功能的腔肠，珊瑚全直肠直肚，多数还雌雄共体。

珊瑚虫还无神经中枢，只具弥散神经系统——受到外界刺激，必风声鹤唳，激起全身反应，顶端口部外围，绕环 8 条伸屈自如之羽状触手，触手均对称生长，开放的树枝一般，亦似敦煌飞天舞女的双双柔荑，情态万千，你才见"舞手"向上向前向后，倏而就忽左忽右焉，"舞手"着生刺细胞，刺丝囊可以麻痹猎物。浮游生物被水浪带到身边，这也算萍水相逢吧，珊瑚虫会瞬间展现该出手时就出手的大英雄本色，迅即出手，活捉到的猎物旋即被塞入消化腔，从下部排出的，当然是消化过的东西。

珊瑚虫有脊椎吗？没有，虽然其并无脊椎，但是，虫们的骨骼却犹同无数的并蒂莲，亲密、紧密地联合了起来。珊瑚界该也崇尚"民以食为天"吧，虫们总是共用一个"胃"，就像袖珍公司也要分职能不同的一个个部门一样，虫们的胃循环腔总是分 8 个隔膜，6 个隔膜内的纤毛将水流引入胃循环腔，另 2 个隔膜内的纤毛则能将水导出体外。

海上明月升沉，日暖夜寒的珊瑚虫，对尘世的要求并不高，只要海水清洁，环境良好，就能自在、本分地过日子，吞吐日月，以芽基发育的方式，着生在先辈的遗骨上，代代繁衍。

值得一说的是，珊瑚虫遗骨，中轴坚硬，润泽晶莹，化学成分主要是 $CaCO_3$。珊瑚虫从不像人类那般野心膨胀，一直在过慢生活，每年体积仅"膨胀"0.5—2.8 厘米，此可谓"慢生长"——这就是世俗所说的"珊瑚"。这海里"出生"海里成长的"硬货"，也可称为骨头吧，早期"光荣"的骨头，衔接堆积，就构成了珊瑚的底层，依时兴的说法是"平台"，更精准的说法叫"奠基"——给生死奠基，担当使命，让外层和上层活着……

## 2

很早以前，珊瑚就已被人类盯上，强行掳其出水，施予刀斧，然而，人类残害珊瑚，很长时间内还只是局部的。

珊瑚被披上浓重的神秘。希腊神话里的蛇发女妖、英雄波修斯的花饰，都是红宝石珊瑚。古罗马人视为"红色黄金"的红珊瑚，神秘色彩尤重，被视为通灵镇宅之宝，认为其可驱邪魔、佑平安、防闪电、退飓风。航海者更是多佩戴红珊瑚。印第安土著早就以红珊瑚护身。

在印度、中国西藏，珊瑚还是宗教仪式饰品。红艳如火的红珊瑚，被琢成温润明艳、晶莹剔透的佛珠。红珊瑚在古中国称为"火树"，被琢成"蜡烛红""辣椒红"和"关公脸"。

珊瑚被世人赋予了可掌控的神幻，却也被用作国画色料、丝绸的染料、烧窑之釉料，还被入药，说是可养颜保健，清热解毒，活血化瘀，明目镇心，珊瑚似乎也是人体精、气、神的观测站。

拥有珊瑚被视为身份尊贵的象征。当年西藏王爷头上顶戴的顶珠就是红珊瑚，清朝也唯有二品官员才具备佩戴红珊瑚顶珠的资格。

据传北宋书画家米芾获赠一座铜底座的珊瑚笔架后，欣喜异常，挥毫即写《珊瑚帖》，且赋配画诗一首：

> 三枝朱草出金沙，来自天支节相家。
> 当日蒙恩预名表，愧无五色笔头花。

此帖为米芾晚年之作，看似随笔为之，却奇异超迈，宽绰疏朗，神韵十足，元代施光远称其"当为米书中铭心绝品，天下第一帖"，米之"墨皇"。可作为今人，我视之倒徒然生些别样滋味，人，无论以艺术心或功利心，抬升珊瑚的"地位"，说穿了在喜悦的背后，都或隐或显以珊瑚生离死别海水家园变作僵尸为代价。而且，世人殄害珊瑚，无非是出于私利，却要打着爱美的旗号。

几年前一秋日，我参观台湾地区台东绮丽珊瑚博物馆，甫入馆，就与一棵巨无霸"佛手"打了个照面，着实一惊！

当时，我眼前的那个巨无霸，据说就是阿卡红珊瑚，竟高近一米，重20多公斤，果真形同佛手，解说员说这是人类至今捞"出水"的最大珊瑚。

这棵自台湾东北海域"上岸"的"珊瑚树"，被罩在真空玻璃箱内，细枝温雅内敛，主枝粗壮沉寂，已成"碑"焉……可其似活珊瑚一样包裹着泥黄色保护皮的一双双手，精瘦而弱的手，仍无声地长伸着……

我不忍久看，可心生一念："佛手"啊，你尚带慈悲的温度吗？

按说打捞深海的红珊瑚，不亚于海底捞针……最古老、最流行的，是以船挂拖吊着重锤的渔网，顺着潮流在深海拖曳而行，可以想象，无论哪一株珊瑚树遭遇围网，都将下黄泉。

1985年5月5日，"佛手"刚刚"登陆"，即被日本收藏家高价私藏，十六个春秋后易主辗转进入台湾，才"荣升"为这家私人博物馆的镇馆之宝。

珊瑚有天敌吗？有，与其争夺地盘的海藻，将其当口粮的鹦鹉鱼、核果螺和长棘海星，均是，还有台风、海啸等。然而，在工业革命以前，珊瑚还不至于有"全军覆灭"之虞，所遭遇的一应深深浅浅的"创伤"，珊瑚基本还能修复，总体上可以承受——整个物种，还绝不至于沦落为"珊瑚堡"！

真正导致珊瑚坠入全球性劫殃、滑向毁灭者，只能是工业革命以来越来越掌控"科技神"的人类。除了沿岸开发、污染海洋，最为可怕的，是至今仍在全球性失控地大量排放二氧化碳，以致"球温"仍一天天抬升！

联合国《气候变化 2021：自然科学基础》的警示令人触目惊心：十年来，全球地表温度比 1850—1900 年已升高 1.09 摄氏度，这可是自 12.5 万年前冰河时代以来从未有过的升温水平，刚刚过去的五年，竟是有记录以来最热的五年。若再升温 2 摄氏度，海平面将升高 6 米……后果真不敢想象！

人类是将大海作为二氧化碳最天然、最深邃、最辽阔、最方便、更不花一分钱的吸纳场了。200 多年来，因为吸纳二氧化碳，海水酸性像芝麻开花节节升，已增加了 30%！

可真是可持续发展的"酸海"啊！珊瑚又何以安生？……

3

亿万年以来，云起浪飞，珊瑚以固守的信念，以顽强的生命力，承受飓风暴雨、火山爆发的冲袭，假如没有工业革命以来人类的"伟大作为"，珊瑚又何至于呈现日薄西山之象？何况浅海里的珊瑚与藻类，早就建构了极铁的共生关系。

"是珊瑚的绿光芒，照亮了共生藻回家的路！"这是日本基础生物学研究所皆川纯（Jun Minagawa）教授研获的珊瑚"天机"，他发现活珊瑚的蛋白质属"绿色荧光蛋白"，经短波光一照射，即泛荧荧绿光，正是这绿光，充当了茫茫海水中共生藻进入珊瑚虫玉体的"路标"。

主要分布在我国台湾、日本、地中海和中途岛的桃红、赤红、粉红和宝石红珊瑚，都生活在 110—1 800 米深的海域，它们的体内不可能有共生藻——因为这么深的海域已见不到阳光，终年为漫漫长夜，即便有共生藻，欲找珊瑚却是既无灯又无"门"，更遑论有共生藻能在珊瑚体中进行光合作用……珊瑚宛若朝霞的红艳，全是吸纳海水中的氧化铁所致，她们只能挥舞触手以捕食为生，倘若海水深度酸化，一样会沉沦为"珊瑚堡"。

唯有阳光可照入的浅海，与珊瑚共生的藻类，才叫共生藻。共生藻，堪称与珊瑚共享日月的"房客"，被誉为"太阳能"发电机，通过光合作用转化的糖，竟可解决珊瑚虫90%的"稻粱谋"，至于珊瑚虫的排泄物，当然是其独享的佳肴。

——这种共生关系，难道还不值得我们额手称庆、放声歌唱吗？

在这个尘世，海葵与小丑鱼，肠道菌（肠道里的益生菌）与人类，其实也是共生关系。有些"共主"还会接纳共生对象进入细胞体内生活。

依我看来，如此两种或两种以上的生物，举案齐眉，相互取暖，互为依赖，互相感恩，近乎天作之合的关系，才是地球村难得的共生关系，已超越"一个好汉三个帮"，亦高于团队合作，已是光，是色，是诗，构成了可持续发展的生命共同体！

若问：天地间最完美的生态关系，是共生关系吗？

为回答这个问题，我们有必要先考察自然界存在哪些生态关系。

我认为，自然界花团锦簇、林林总总的生态关系，除了共生关系，还存在同样须人类敬畏的"关联关系"和"寄生关系"。

所谓关联关系，即非生物间的关系。譬如，宇宙间行星的关系，基于引力或能量联系，共在共存，共存共行，相与携手，谱写出美妙绝伦的运行旋律，这是大自然最壮阔宏大的交响乐。

而包括人类在内的所有生物与自然的关系，我认为主要还是寄生关系。人类经由大自然孕育、抚育而至成年，然而，只有人类从幼年一天天走入成年这一脉时间河段，大自然，才真正是人类的母亲——哪个哭喊人间的婴儿离得开母亲哺育呢？然而，当人类成年后，人与自然的关系顷刻发生"政变"，母子关系立马蜕变为人是自然的寄生者之关系。

"人是自然的寄生者"，我这样说确乎不太好听，但"真言"却是客观事实。试想，假如人与自然还是母子关系，"子"岂能、岂会如此普遍地、没日没夜地祸害其"母"？只有寄生之"虫"，才可能，也才会过河拆桥，不存感恩之心，才狗胆包天，胆敢僭越"生态位"欲当主宰……想一想，我们人类，对"寄主"索取无度的"血光"行径、前赴后继的祸害，什么样的"寄主"能承受、忍受得起呢？让人类重新变回自然之"子"，不是"偏向虎山行"吗？

昆士兰科技大学的生物学家做过一个实验：请长须飞盘珊瑚进入盛满 10 升海水的水族箱，12 小时内，将水温由 26 摄氏度加热至 32 摄氏度，维持 32 摄氏度水温 8 天，通过显微拍摄之视频，他们惊见：随着时间的推移，珊瑚会很无奈，总欲以"脉冲膨胀"驱逐共生藻。当珊瑚的身体猛然膨胀得比平常大 340% 时，即产生一股节日焰火般喷射的爆发力，砰的一声就将共生藻弹出体外……

这个实验事实呈现出一个结论：在这"人的世界"，在"球温"仍然上升的地球村，所谓的"共生关系"，即便再海誓山盟，哪怕还灯红酒绿，依然存在"土崩瓦解"的可能！

珊瑚与共生藻共生，不过是小小的"双主体"式共生，只是局部的"小共生关系"；拥有"小共生关系"的珊瑚，若想与共生藻地久天长、共度日月，若想躲过整体沦为"珊瑚堡"的生死劫，不和谐包括人类在内的所有生物和非生物的"整体共生圈"，行得通吗？

嗟夫！唯有和谐入地球村的"整体共生"，方能和美共生，美美与共，各美其美，万物兴旺！

4

珊瑚本是地球上最古老的海洋生物，本是具奇异大灵知的生物，约五亿年前就诞生在这个地球，在风波不断的海里，被忧恐包围，而对自己的境遇，我想其该也是洞若观火的。

生物学家莱格特就认为，人类一直认为珊瑚很简单，其实相当复杂，珊瑚与人类在远古还是"亲戚"，珊瑚的基因和蛋白质，在数量上，与人类也是难分伯仲，甚至很多基因，在地球有生物之初就已始行演化，尽管没有眼睛，但不代表珊瑚对光没有感受能力。

那天，列维刚踏入昆士兰大学哥德比尔实验室，就对名叫"隐色素"的蛋白质情有独钟，兴趣浓厚。须知属蓝光受体的"隐色素"，虽达不到眼睛那样高级的功能，却对太阳光波里的蓝光有反应——生物在尚无眼睛的早期，感受光线的变化，靠的就是隐色素细胞。"隐色素在某种意义上就是视觉传令器"，是"身体闹钟"，可调节新陈代谢，引发机警反应，等等。这些，列维肯定心知肚明，可那天更激发他的灵感的，却是布满珊瑚的海域，何以海水总是特别的蓝，非常之蓝，比幽蓝的勿忘我更蓝——列维是将海之蓝、"隐色素"与珊瑚之缘牵起来了。

由是，列维不断推进对多孔鹿角珊瑚的研究，发现这种珊瑚上竟生活着上千种珊瑚虫，他以强度不同、颜色不同的光波分别照耀暴露的珊瑚虫，果真，最为活跃者就是珊瑚的 CRY2 基因——由此他推断：隐色素的"庐山"，就隐在 CRY2 基因里；敏感感知蓝色光波的，正是这微妙的"隐色素"。

这个研究非同小可：证明了珊瑚的确身藏敏感感受蓝色光的大本事。

珊瑚，正是仰仗这个奇异的本事，才得以团结起来，步调一致地打出奇幻的生殖牌，高高擎起呼呼飘响之生命至上、培养"接班人"的大旗！

原来，珊瑚的生殖季节和繁殖方式不尽相同，有少数珊瑚还只是一种性别，只能够像水稻分蘖那般无性"克隆"——"新芽"抱贴成熟的水螅体生长，因是近亲，易致物种退化。

因而，绝大多数的珊瑚，是将精子和卵子全然"喷洒"入湛蓝的海洋"夜合"，这"月下老人"是谁？正是包含蓝色光波的月光！

这可是天静月圆之夜啊，正大潮，更准确地说是正退潮，你脚下是大堡礁，辽阔的海里，亿亿万珊瑚，突然就似得了神谕，更全然不发一声喊，就将一束束、一批批、一波波、无边无际的粉红色的卵子和精子，齐刷刷地朝月光下的海面喷射——"这无法不是奇迹！哪怕你坐在一块珊瑚前面，看着这些粉红色的精子从珊瑚体内直喷出来，四处漂流，看着就令人狂喜！我深信这是大自然最壮观的情景之一。尽管珊瑚一直以来都这么做，但在 20 世纪 80 年代以前，人类都还不明白这回事。"莱格特教授感慨地说。

看着这些喷涌向海面，很快就齐齐挤满银光闪烁的海面的一朵朵英姿飒爽的小灯球——莱格特教授形容的"月光下珊瑚的产卵大交响"，你会幻觉自己正面对的，是刮自海波下的红色暴风雪，你感觉眼前的海面，蕴藏万钧雷霆！那些汹涌着、完完全全恣肆敞开自己、无边无际的精子们和卵子们，雨起云生，终成好事……这些动着、歌着、泣着的受精卵们，恰像巧借风力传播的蒲公英种子，趁着退潮，载沉载浮，一荡一荡地，被带向更广阔的海域，更远的远方，待发育成纤毛覆生的浮浪幼体，才专心下潜"扎根"珊瑚礁，出落成新一代的水螅体。

一轮满月下海上如此伟大的交响乐，真是奇异地彰显出珊瑚的大灵知啊！

这是珊瑚打出的最伟大也最羞怯摇曳的性之牌，是将世尘讳莫如深的性，以最美丽、最开放的形式裸呈于皎洁月光之下！这伟大的交响乐，是珊瑚与向光、向美和"共生关系"并重的生存之道，也是紫色的基建战略、生命哲学。

然而，其间却隐匿着一个问题："产卵交响乐"，何以总出现在满月之夜？

对此，我查阅过不少资料，虽说是书山有路，可答案就是不甚了了。我现在只能以自身的逻辑推断：朗朗月光，不是包含蓝光吗？满月之夜，月亮岂不是最明、最亮、最大、最圆？值此良夜，经月亮反射至海洋上的阳光显然最多——相应反射至大海的蓝光，不也最多吗？——蓝光既然在满月之夜最为"丰盛"，那么，追求蓝光的珊瑚们，能不"性"趣盎然、"性"高采烈吗？呜呼！上演"产卵交响乐"，选择在月圆情浓的春晚、玉盘圆润的秋夜，不是再自然不过吗？

应该说，亿万年以来，珊瑚都在打惊天动海的"多子祈福避灾牌"，但是，这"牌"在人类出现前后的性质和意义已迥然不同：人类出现前的"产卵交响乐"，固然汹涌性的张扬和红红白白的浪漫，然更多的还是为了物种繁衍。而在人类出现后，在当今这"人的社会"，仍打这种"牌"，最主要也最要紧的，却已变成寄希望于"虫口"规模这根稻草了；是忧恐深长无奈之下，以生命的数量应对不测，也是不顾羞耻的殊死抗争——纵然子子孙孙身陷绝境死亡99%，仍有1%的子嗣有望在阳光下遗留海中，物种得以尽可能长时间地延续……

海水苍茫，扑岸惊涛，究竟溶混着珊瑚多少不堪洗濯的无奈、哀痛和悲壮？

## 5

在地球村，珊瑚是最古老、最多姿多彩的"海上长城"，最珍贵的"海洋热带雨林"，尤其是海洋生态中不可或缺的生态链条，最美的生态系统，海洋生态的晴雨表。

*珊瑚傍岸兮衰减波浪，*

鱼类相嬉兮浅海美奂，

珊瑚礁丛兮大繁殖场，

珊瑚自在兮旖旎风光。


"一树红花照碧海，一团火焰出水来，珊瑚树红春常在，风里浪里把花开。哎！云来遮，雾来盖，云里雾里放光彩。风吹来，浪打来，风吹浪打花常开。哎！"这首歌剧《红珊瑚》插曲，从 20 世纪 60 年代初始传播开来，珊瑚的境遇和珊瑚之美，已然萦回在我们的记忆中。

三年前，我在苏黎世动物园近距离观赏过珊瑚之美，那些在水族馆硕大玻璃箱里"自在活着"的众多珊瑚，千姿百态，形象各异，像中国砚台，像千年灵芝，像木耳，像鹿角，像树枝，像红宝石，像春草，像吸管，像苔藓，像蜂巢，像大脑纹层……五彩斑斓，有的还随着水浪，彩带忽左忽右、忽前忽后，忘情地跳起摇摆舞……有人曾撰文说，她戴着白色的潜望镜潜海，对着眼前的珊瑚曾大喊一声"变"，必是声波的作用，盛开得灿烂的褐色珊瑚，瞬间就如变色龙一般变了颜色，羞羞答答，犹同徐志摩笔下那一低头水莲花般不胜娇羞的妙龄女郎……

的确，谁能识尽奇异、神幻的珊瑚之美呢？

潟湖是海洋中由环状珊瑚和坝状珊瑚围隔而成的湖，准圆形，隐约有海波上下翻涌，待落潮，才显露庐山面目。潟湖均比外海浅，绿茵如翠，游鱼活跃，还是潜水爱好者的天堂。

想想看，在浪花起伏的海洋中，犹同吾乡客家"围龙屋"一般，这准圆形水井栏似的"珊瑚围"，是如何做到团体式基本同步、同速生长的呢？——珊瑚，天生就有神奇的圆式审美能力？

何况潟湖里还生长着圆冠珊瑚，一朵朵珊瑚晶莹硕大，宛在水中央，花蕊或泛绿，或酱色，那花瓣秀成半弧外披，宛若美人的裙裾，盛开……

这已是大圆套生小圆了，圆润、圆满。

然而，本为滋生千年的溢光奇树，蕴藏在浪波下的神秘火焰，沧海里的高贵，集绚丽美、神幻美和不可取代的生态功能于一身，如此神奇美幻的珊瑚，岂能长遭殃祸？本该永享最不受伤害、最美善的待遇才对……

## 6

珊瑚，逃得脱那个殡仪馆时间节点吗？即科学家预言全球珊瑚全部死亡成为现实的时刻，这个时刻，不只是珊瑚的问题，更是地球村生态大恶化之象——我们，又焉能逃避省思？

珊瑚和人类，都是地球村地位平等的物种，谁都无权剥夺珊瑚在良善海水中生活的权利，这是珊瑚的基本生存权！

而今，又有多少人会忧恐珊瑚正一天天滑向"珊瑚堡"？我们什么时候真正善待过珊瑚？珊瑚什么时候碍过我们？

珊瑚，生死相铆，居死地而生，使陆地"增量"，甚至连一个国家都可以建立于其上……如此的微生灵，纵然生也有涯，又怎会心甘走向灭绝？！

何况珊瑚一直是按美的规律在塑造自己。自然界的一切本来都是美的，也必然是美的。珊瑚已然承受的遭遇，已迫使其生命，再也无法"万事如意"地绽放了——珊瑚那种总能自然而生、自在美好、幸福摇曳、苍茫古远的日子，牧歌般的日子，早如流水一去不复返了……

只是，珊瑚之殇与人的异化却是同步的。地球生态滑向苍茫暮色，主要的，还是归咎于人的异化！

当——当——地球村生态危机的警钟长鸣，钟声回荡着一个旷世难题——人类，该如何"做人"！

工业革命以来，过山车般的科技强势裹挟着人类，一天天旋入"生态纪"。人类，就日益走上机体和思想双双退化的"异化人"歧路……想当年，"自然人"融入自然，自然地生活，日出而作，日落而息，初心一片，敬畏自然，与所有生物一样，似懂非懂地服膺生态规律，接受自然律的制约。更重要的，是能恪守"生态位"，仅从大自然索取生活必需的、有限的生活资源。

而异化人呢，作为被人类中心主义阴影笼罩的人，一边大树科技神，膜拜科技神，又依仗科技神，大逞无底线掠夺自然之威风；一边却又企图全面掌控、操纵科技神，没想到反而陷入"科技囚城"，沦落成科技与欲望的"双重奴仆"……

在今天的地球村，谁否认得了"生态人"是生态使命的承担者，是真正走向朝暾的大写的人呢？唯生态人，才会自觉地顺应自然，尊重自然，对自然心存"新敬畏"，科学地敬畏自然律，敬畏各种生命的价值，才会在自然面前谦卑地低下头，履行生态职责，感恩自然，呵护生命。生态人已然是超然于工业文明、商业文明和消费文明的人，是唯一能够跨入地球村最高层文明——生态文明门槛的人！

异化人能否脱胎换骨成生态人，已上升至人与自然的关系能否走向和美、地球村还有没有未来的普世问题……

7

行文至此，我只能将事件的场域假设在七十年后之某日——这一天，阴云密布，作为"珊瑚人"，你伫立在一座曾经著名的"珊瑚堡"上。

70年前，福建省宁德市霞浦县水门畲族乡有一林姓中年男子，13岁时，手脚突然长出瘤状物，不久还长满全身，被称为"珊瑚人"。他说："最初只是些很小的硬颗粒，越长越多，不久胳膊、腿、背部，甚至头上都快长满了'硬壳'，感觉自己快变成石头，身体很难动弹。"

这一天，石灰样的硬壳也包裹着你身体的许多部位，海风凛冽，站在"珊瑚堡"上，你孤单吗？你回看身后，涌现如雨后春笋的"珊瑚人"，蹒跚着，正一个个朝你走近……

这一天，乃全球最后一只珊瑚虫上西天的日子，听着海风的呜咽，你想：今天该命名为"全球珊瑚灭绝日"吧！

其实，对这一天，70 年前海洋生物学家已发出过强烈预警：未来 35 至 70 年间，假如二氧化碳排放量翻两倍——全球的珊瑚礁就会全被漂白，酸海将杀死所有的珊瑚虫！

1997 年被联合国命名为"国际珊瑚礁年"，呼吁全人类保护濒临恶化的珊瑚礁……2016 年 3 月，潜水员发现大堡礁的大片珊瑚已白化而亡。2021 年 7 月，联合国教科文组织考虑大堡礁列入濒危世界遗产名录……

海风，呜呜咽咽了 70 年，而今你站在珊瑚堡，竟转而想：珊瑚会是健忘的生命吗？

你想起了"忘川"的故事：据说忘川是汩汩流淌在世上的一条河，濯洗古今，可谁也不知其源头。在《理想国》里，柏拉图曾描述一行魂灵，风餐露宿，被驱赶着横穿遗忘平原，那平原全然不见草色，酷热烘烤犹同炉火，一个备受煎熬的黄昏，焦渴的魂灵们终于全然扑向忘川，一阵狂饮后，果然忘却一切。

还有个中国神话：黄泉路和冥府之间是忘川河，不喝孟婆汤，就过不去奈河桥，而喝了孟婆汤，那些旧日烟云、浮沉得失，便会忘得干干净净。

你突悟：这眼前的海，不就是辽阔的"忘海"吗？

珊瑚不是曾一直喝这"忘海"水吗？

然而，无论多伟大的神话，终归也只能是神话。

珊瑚，有大灵知的珊瑚，可能不记恨人类吗？有可能不记恨人类明知珊瑚早已命悬一线，却仍要大"发展"危害珊瑚之勾当，而不是果决地真正地携起手来通力遏制"酸海"的发展吗？……

饱受忧恐的珊瑚，果真可能将自己一天天走向灭绝的记忆，刻骨铭心的记忆，在集体断崖式"上西天"前的那一刻，全然相忘于海洋吗？……

苍天在上，有作用力就有反作用力，作恶就必生反恶，这从来就是天经地义的因果律。珊瑚那些形形色色施予人类的大大小小的报复，每一个，都镌刻着怒目淌血的名字："报应"！

那些在珊瑚物种"临终"前，风起于海洋的一拨一拨生态祸殃，不早就是对人类的"报应"吗？

假如人类能及时实现全球"碳中和"，珊瑚，又焉能全然沦殁为"珊瑚堡"呢？

谁又能制止"珊瑚堡"免于成为碉堡的结局呢？

忧思至此，被忧恐包围的你，竟下意识地、机械地蹲低身子，僵硬的手指，触及了一面头颅大小、镜子厚薄、冰凉的死珊瑚——袖珍"珊瑚堡"，你费力地抚了抚之，心，竟霎时悟得"古镜未磨，照破天地"的含义。你定定神端详，只见那"古镜"上，缀满一个个枪洞似的洞口，全像瘆人的眼睛，正盯着人类……

# 人　　鱼[①]

　　　　*一群金鱼在鱼缸里，它们看到的和我们所处的哪个更真*
*实……我们怎么知道，我们不在一个更大的金鱼缸里呢？*

　　　　　　　　　　　　　　　　　　　——斯蒂芬·霍金

## 1

　　端午刚过，南方的龙舟雨，仍断续地落，你一拐入犹带欧阳山《三家巷》风情的金鱼街，那混杂雨雾的金鱼腥湿，就朝你氤氲罩来，那些金鱼，浮游在一排排、一叠叠水族箱里，似看非看着你的到来，你随即警醒自己：这些全是被"囚养"的金鱼，而不久前，你还以为金鱼一直享受天堂般的待遇。

　　你去金鱼街，缘自几天前，在生态园河畔，你见有人钓起一尾鲫鱼，那尾巴颇为异样，长而阔，宛若金鱼尾，你遂想：生态园的某些环境，从理论上讲，也是能囚育出金鱼的；"人工味"浓重的生态园，亦多少罩着金鱼般的宿命。

　　何以说金鱼是"囚养"出的？这与金鱼是由野生鲫鱼异化而来相

---

① 载于《北京文学》2024年第1期；"今日头条"2024年1月23日转载。

关。日本生物学家曾提取金鱼和鲫鱼的血清，做了"寻根"检验，证实金鱼和鲫鱼确是同宗同种。我国著名动物学家、金鱼遗传学家陈桢教授亦以实验证明，任何品种的金鱼与野生鲫鱼巫山云雨，都能子孙满堂。

金鱼从其始祖开始，就离不开人的囚养，阴晴雨雪里都依赖人，不见人半日也如隔三秋，委实受人控制。人与自然的关系，红白黄黑，林林总总，而这种人鱼关系实属罕见。

当然，金鱼最初离不开的还只是中国人，因为金鱼算是中国国粹。国人囚养金鱼始于南宋时的杭州，其时的杭州好些名胜，尤其是寺庙，都开始豢养金鱼，香烟萦绕下，金鱼能倾听暮鼓晨钟，并享用僧人香客投入鱼池的食物。说起来行政级别最高的金鱼发烧友还是宋高宗，他不止在德寿宫建造养鱼池，还指派专人到外地遴选"接班鱼"。（赵承萍、张绍华《金鱼》）

南宋人在建构金鱼缸池时已颇为用心，养金鱼的方形缸和小水池，多会美美地铺上底砂，甚至会加养几只温润的螺蚌，既点缀景观，还借其滤食性，净化水体，那池底绿生生、水动惹摇曳的，必是黑藻、穗花狐尾藻、水车前等沉水性植物，按今天的说法，植物能分解有害物质，草隙也可供小金鱼栖身，在尚无打氧泵、照明升温小壁灯可装的南宋，缸池的生态系统即已构成，尽管较微型，但正是这种局促、逼仄的环境，在强迫鱼体生命力走向委顿，陷入变异。

若问：家囚金鱼，最险恶的环境是什么？

答曰：是"生态球"！

你选一个透光性好的大号玻璃罐，注入八分满的水，预留两分空间的空气，好供金鱼残喘，当然大可以设置鹅卵石、水草和小假山……金鱼被请入如此之"瓮"后，你再狠狠心，找片玻璃压紧瓶口，并以火蜡封严瓶口，独特的生态监狱——"生态球"，就竣工了。

制作这种生态球，对于今人，实在是雕虫小技，却已尽显人之恶。

想想，你也写过以"生态球"囚养小金鱼的"历史"，你当时年少，不晓得"游戏"的残忍，不懂水草是金鱼的食粮，金鱼排泄物是水草的养料，水草生产的氧气可为金鱼续氧，至于金鱼呼出的二氧化碳还能供水草进行光合作用，可谓自成循环。然而，竟隐藏大危险："囚室"光照不足，水草只能枯萎，时光一丝丝经鱼嘴溜走时，水质却在逐渐浑浊……小金鱼，下体已拖起细绳似的粪便……

身陷"生态球"的金鱼会感觉痛苦吗？你研究过金鱼的眼神，即便再惊恐，仍满眼木然，你却断言，金鱼肯定会备感痛苦，那痛苦，该也"才下眉头，却上心头"。

生物学家已断言：金鱼很不简单，是一种复杂的动物，认知能力极强；若认为金鱼迟钝愚笨就完全错了。它的视觉、听觉、味觉、触觉，很灵敏发达还不算，它还有连人也希望拥有的器官——"侧线"。侧线，就长在鳞片或皮肤上，是一连串的小孔并相通连成的长管。我近距离辨识过，这侧线就"扎根"于身体两侧偏中部，从鳃盖至尾柄，逶迤凸起犹似长岭。侧线的功能是什么？介于耳朵的听觉和手的触觉之间，可预警躲避障碍物，感受人间水体寒暖，当然也能够于无声处听惊雷。在金鱼街，我试以手指轻敲鱼缸壁，金鱼迅即产生反应，有的转身扭头看我，有的干脆朝我游来。日本生物学家给3条金鱼分别播放3支世界名曲，每播完一支曲子，就投放一种颜色的美食，晨夕聆听过几回后，金鱼就能分辨各支曲子对应的是何色美食。据载，苏州有位金鱼大玩家，一口大鱼缸内养了红、白、紫、黑金鱼，他后来给金鱼喂食，摇动一种颜色之旗，同颜色的金鱼必仰头吃食，因为他在金鱼喂食与旗色方面，进行过建立条件反射的训练。

那天在友人家，看着色相缤纷的金鱼，你突发奇想：假如你也似庄周化蝶般，梦为"生态球"里拖一袭红艳长裙的金鱼，你头脑中有关自然万物"可怕"的记忆，已全被删除，你或许不会再想天上有无白云飘，但可能会想，这四面八方围压自己的，果真只是水吗？它是有水的柔软，但感觉已近乎玻璃，不太透明，甚至还尖利……今夕何夕，是晴日吗？有微光，无雨打萍的微响，可怕的更有那一双双越来越近的围观人的目光……你尚能吐水泡，一个，又一个……你有泪却难以下流，流也无声，而你流的是水是泪，又有谁知，谁会在乎……

你本是有权拥有野生鲫鱼天地的……而今，那一切已成遥远的牧歌式的过去，你基本已丧失"自我"……只能摇荡日益臃胀的身子，供人赏看，满足人的色欲，还越畸形越变态越吃香，你的职业、职责、职能，连带生存，都只剩下一个目的——色相表演！

倘若离开人工水体，离开水深火热，你还能活吗？

## 2

我发现，人对金鱼的态度，从来都深陷悖谬，却八面玲珑，还非常"两面派"：人，一方面费尽心思地囚禁金鱼，另一方面却对金鱼关怀备至，溺"爱"入骨。

金鱼初时离不开的，还仅是中国的好水。国人总是小心翼翼地遴选宠养金鱼的水。杜甫的长江水，李白的黄河水，王维石上流的清泉，在金鱼发烧友眼里，未必就是好水。"欲养金鱼先养水。"有好水方能实现"如鱼得水"，这和金鱼是变温动物，体温会随水温"沉浮"，也非无一毛钱的关系。适合金鱼的水，杜绝浑浊，最好有小桥流水的微澜，暝色入高楼的明暗，空谷幽兰的静安。金鱼，喜新水却不全厌旧水，你几天就得为金鱼换一次水——还得保留三分之一的"老水"，老水养分多，颜色油绿，利于积累和稳定金鱼体内的色素。新水宜经由光天化日暴晒。换水还宜晴天、午后。金鱼最喜欢的或许还是井水。你明白不喜欢好水的金鱼是绝不可能成为好金鱼的。南宋有个官员叫吴曦，嗜痴金鱼，此公从杭州赴天府之国履新，恐金鱼水土不服，还征购了三艘大船，满载西湖水入蜀。

在金鱼街，你认真读过摆卖的鱼食包装盒上对投食时间、投放分量、适用鱼种的说明，比中秋月华还清楚明白。金鱼是杂食动物，嗜吃红虫、水蚯蚓、面包虫、绿藻、小浮萍、鱼虾的碎肉、豆饼等，也吃小型甲壳动物，但金鱼总暴食，易撑死；即便被你喂得再饱，那嘴巴仍闲不住，我怀疑它想吞吐日月，因嘴从未闲过，不停开合间，水即不止息地与细微食物一口接一口进入口腔，经鳃耙过滤，水是出口了，过滤所得，全然就"贪污"入了食道。

人对金鱼，总事必躬亲如及时雨，更关怀其性事。《金鱼》里说，至春夏，金鱼临近产卵期，鱼友就要营建"鱼巢"，筹备"鹊桥会"。鱼巢用什么材料制作？用狐尾藻、柳树根、生麻丝和棕丝一类，将这些硬东西以线绳束成三号电池大小，还得经高锰酸钾浸泡消毒。当大腹便便的雌鱼体色突变妖艳时，即将鱼巢悬置池缸水体的中层，我看过相关视频：雌鱼产卵前下体散发的异味一被雄鱼闻到，倏然性起的雄鱼，即围绕雌鱼在缸池中来回追逐，前戏亢奋时至，这时的雌鱼，旋即转向鱼巢，一边以尾鳍击水搅波，一边抬升下体往鱼巢扁出一粒粒橙黄的半透明鱼卵，见状，雄鱼旋即转身，高抬裆部，朝在鱼巢中密集的鱼卵，阵阵颤抖，倾情喷射乳白色的"种子"……

## 3

想想，金鱼色斑膨胀的身子上，那因人"善待"而"创造"的病态，是任你如何洗也洗不去了。

说来也怪，这尘世"喜欢"金鱼者，前赴后继，而笔涉金鱼的文学作品，却寥若晨星。知堂（周作人）算是写过《金鱼》："说到金鱼，我其时是很不喜欢金鱼的，在豢养的小动物里边，我所不喜欢的，依着不喜欢的程度，其名次是叭儿狗，金鱼，鹦鹉。"近代作家周瘦鹃嗜金鱼成癖，曾吟咏金鱼。日寇侵华，苏州陷落，他在皖南黟县避难，日夜顾念故园的金鱼："吟诗喜押六鱼韵，鱼鲁常讹雁足书。苦念家园花木好，愧无一语到金鱼……铁鞋踏破纷华梦，车驾仓皇出古吴。未识城门失火后，可曾殃及到池鱼？"翌年，他回归苏州故园，眼见满园花木凋零，瓦缸破碎，凄凄惨惨戚戚，宠养的五百尾金鱼，已荡然无存，不禁愤从悲来：

> 书剑飘零付劫灰，池鱼殃及亦堪哀！
> 他年稗史传奇节，五百文鳞殉国来。

读二周的文字，可见金鱼身上，已不止蕴殊异的美学内质。以前我一直认为金鱼纯美、绝对美，而今，我才惊异醒悟：金鱼，精准的名字其实更应叫"人鱼"——被强行嵌入人的病态思想，被按照人的畸形审美观塑形，乃人之扭曲意志的形象化身，全然就是人类优先的"杰作"……

春秋佳日，你都曾游杭州西湖，都会去花港观鱼。第一次见到水里的锦簇花团，你还以为那就是金鱼，一时贻笑大方，其实它们多数是锦鲤，而论美，锦鲤是难望金鱼项背的。想象是艺术的升腾器，因而你想象，眼前高贵的池里，就有活的一群金鱼，若停若游，富丽奇媚，尽态极妍，虽貌似冷漠，却是活生生的"艺术品"。最让你迷离的，是幻变的尾鳍，柔腴、飘逸，那是贵妇长飘的裙袂，浮泛月光透亮的银白……朝你正颤悠而来的几尾，怪态畸形，鼓胀浑圆，宛若民间高挂轻摇的夜灯笼，还让你一时想起不知是谁的诗句——"宛若缤纷撒落水里的炮仗花……"

鱼缸丽影透明天，一袭红装苏绣边。

艳美随心所欲美，却无鳍尾远尘烟。

——姑苏雨韵《金鱼》

确实，金鱼是颇为复杂的，未细究其"出身"前，你用比西山落霞更美的形容词形容之，也不为过。可如今以尊重生命、生命平等的观念而观，纵然金鱼再"身粗而匀，尾大而正，睛齐而称，体正而圆，口团而阔，要于水中起落游动稳重平正，无俯仰奔窜之状"，你恐怕也再难以承受其恐怖的怪，畸形的丑。

在金鱼家族中，我现在最惧见的是红脑袋——红脑袋何以瘆人？其头上缀着草莓般红肿霉腐的一堆肉，竟是大肉瘤！你以前想不到这大肉瘤竟是人"培养"的！红脑袋，如五花帽子、软鳞红白花帽子等金鱼，它们头上都堆着活的大肉瘤，却一直被人视为大吉大利。耽于病态审美的日本人，尤其沉迷这大肉瘤，头罩大肉瘤的日本兰寿，肉瘤越肿胀，等级越高。肉瘤最发达的金鱼叫狮子头，墨狮头尤其令人恶心，肉瘤竟是从头顶呼溜溜包裹而下，裹严两颊颚、鳃盖还不算，还将嘴脸也包入肉瘤，据说这样的，才名贵，才算珍品。

那天在金鱼街，我曾被一群通体锌白色的鱼所迷惑，它们体态似塘鳢，嘴角左右各拂着肉肉的两根老人长须，很是怪异，鱼老板说这叫"蝴蝶鱼"。这时，旁边大水箱中一尾玉体泛红者似乎盯上了我，朝我娉娉摇摆而来，这该是屠隆在《金鱼品》记过的龙睛吧，无疑是龙种金鱼之代表了。龙种金鱼品种繁多，均"眼若铜铃""眼贵于红凸"，我明白，它颤悠悠上浮着的双眼泡，是可以向上翻转90度的，因为双眼朝天，所以也叫望天。

这时，我突然想到鲁迅先生的名言："要极俭省地画出一个人的特点，最好是画出他的眼睛。"我不失时机，马上近距离研读起金鱼的眼睛来，然而，无论我看这尾龙睛是何等的目不转睛，相看几已厌，还望闻问切，我仍鉴定不出此君的眼球是否正常，如此眼球肿胀凸至眼眶外，及至头的两侧，比咸鸭蛋还膨大的水泡眼，表皮可真是薄啊——比蝉翼还薄，清晰欲穿，透明度高得广布其上的网状微细血管，竟丝丝可数，洗衣液般充盈眼眶的半透明积液，左摇右摆，色相微晃，一如孤独无依老妪深陷枯眼将落未落的浑浊泪滴……

毋庸置疑，那些体貌、色相还较正常近似鲫鱼的金鱼，长相也较谦虚的草金鱼，均还算美色犹存；假如硬要一刀切，断言金鱼不是极美就是极丑，显然既不客观，也有失公允。看金鱼史，16世纪初中国金鱼始进入日本，17世纪经辗转漂泊才传入欧洲（赵承萍、张绍华《金鱼》），到如今花色艳荡全球，说品种，至少已逾300种，无疑畸态丑陋者，还是占大多数，假如认为金鱼还是有些美，也只能是"病态美"。

## 4

我现在认为，金鱼微露色变，即已丧失本色，至于体态畸化、神经萎缩，则已构成对生命本原和本质的背叛。

我与好些金鱼发烧友都作过交流，很遗憾，他们都不知道野生鲫鱼竟是金鱼的先祖。

然而，金鱼又是如何由野生鲫鱼一步步变异而来的呢？

古时有个叫江含徵的人曾言："金鱼之所以免汤锅者，以其色胜而味苦耳。"当时还有人一掷千金，购肥美的金鱼献给邑侯，没承想几天后邑侯却言："那花鱼味苦，一点儿也不好吃！"这说明，世间还是有人烹金鱼于汤锅，好在一直寥寥可数，想来金鱼也是鱼，既成玩宠，所以就舍不得吃吧。当然更多的人，是视之为祥瑞物，所以就不太敢吃，才确保了尘世拥有庞大的"存鱼量"，让变异及遴选，拥有充足的"物质基础"，须知对于金鱼，形色变异，还属小概率事件，罕见的，能如戏角"爆红"者，更是不多。众多金鱼面临的，是没有久照的阳光，金鱼却也怕长久暴露于光天化日……

诺贝尔奖得主克莱齐奥在长篇小说《金鱼》中，笔蘸泪血，写出了女主人公莱拉被拐卖后，历遭强暴、饥饿和寻找自我身份的辛酸，我认为，莱拉就是金鱼身陷囹圄（社会鱼缸）的象征。

自然，金鱼与莱拉所承受的苦难"各有千秋"。金鱼进入家化状态后，滔滔流水不再，长距离涌动的江河湖海也不再，即使生态园中那样的小河、小湖，也已乌有，身边的水体，纵有动静，在今天已多是供氧机嘟嘟冒出的气泡，当然，温饱算解决了，再不必快速、警觉地觅食，不必疾速躲避天敌，于是，游速就减了下来，可要命的是，却导致了身体机能的衰退、委顿，于逼仄的空间，在浅薄的水体，只好装出浮游状，连翩游也算不上……生物进化是讲"用进废退"的，可怜的鱼儿，一副修长好身子，慢慢就只能退化蜕变成短矬的武大郎，虽"横看成岭侧成峰"，也颇圆凸，但异化却史无前例，胸鳍、腹鳍、臀鳍和尾鳍，面目可憎了。最是可怜的还是龙种金鱼，本来背鳍雄起，现在却残山剩水也不剩，背脊弯曲如老年驼背，看上去很是光溜，何等滑稽！勉强保留的一袭尾鳍——"最美丽的风景线"，也倾斜疲软成了双层鳍。尾柄已退化，该是防止头重尾轻吧，尾鳍也只好被瓜分至两三片……沉沦至此，与先祖野生鲫鱼比，论形色，论活力，差异之大，不都明摆着似和尚头上的虱子吗？

少年时，我有过捉野生鲫鱼的经历。那是20世纪60年代中后期，乡野春天时至，溪与渠的水，都上涨了，我和几个同伴，常巡游于溪边田渠，期盼捉得几条野生鲫鱼，当然是抓活的。我们选择水流转弯流速缓些的一小段田渠，先在上下游都筑起拦水泥坝，再拼起双掌，一下下将水舀出坝外，水面渐渐见底，若果有野生鲫鱼，必如惊弓鸟一般，侧斜起身子，左冲右突，泼泼刺刺，自在游窜……你擒捉到它后，双掌得使劲攥握，抓而不紧，等于不抓，手中的鲫鱼，腹部锌白如月色，背部灰锅色，完美细尖的头，短的背鳍和单片叉开的尾鳍，最迷人的有着流线型的自然隆起的腰身……而今我想，此君也该有如此的身子，才能适应天然水域的生活，大自然天气变幻，就似孩儿脸，洪水暴涨是寻常事，遭遇的水流，时缓时急，忽左忽右，如果你的身形不能适应，神游不起来，将如何生存……

一个巴掌拍不响，金鱼被异化致残，必像六月飘雪，存在更深刻的因由。生物学家说，金鱼的神经系统和内分泌系统，并非固若金汤，而可以人工左右，金鱼皮肤内有黑色、橙黄色素细胞和淡蓝色反光细胞，鲜妍各异的体色，就是这几种细胞"风云际会"的结果：哪种"零件"密度大，金鱼就显示哪种颜色。

"古人在自然界发现了红色的鲫鱼，红鲫鱼即为色素细胞变异所致，这是易遭天敌袭擒的体色。但由于红色在中国文化中代表喜庆吉利，因而广受喜爱，所以南宋时期的许多寺庙，最初所养的都是红色的鱼。"（《金鱼》）而金鱼，后来出现繁多品种，众色缤纷，最根本的还是人的文化心理导向、人工的掌控所致，否则色相刚显变异端倪的"红鲫鱼"，也不可能揖别暮鼓晨钟，背驮蝙蝠翅影，"修成正果"，游入民间深处……

蒋在雕在《朱鱼谱》中也说："欲金鱼颜色鲜明，全在养法。龙睛鱼一出皆黑色，蛋鱼一出亦近黑稍淡。渐大渐变，有满白，有满红，有黑红，有红白，有碎花，有整花。颜色变化，尽在养之得法。若一失法，常出肉红、肉白之色。"可见，人不择手段，任各类金鱼巫山云雨，成心调控色素细胞的组合和密度，就存在改变金鱼"色相"的可能。比如，你欲福建兰畴的头瘤发达，只需多投喂鲜活的水蚤、线虫，因为这两种活物蛋白质含量高，可以促进"发头"。

由于金鱼遗传基因很不稳定，所以"合心水"（粤语，意为称心）的金鱼后代，还是依靠遴选双亲杂交而得，运气好的话，才有望从万千子代中获得一二。如五花龙睛就是透明龙睛与各色龙睛"爱的结晶"；翻鳃帽子和翻鳃珍珠则是翻鳃鱼与相关品种联姻的后代；至于怪异的水泡眼、大肉瘤，更是人捣鼓出的"珍贵品种"。

千年岁月，在物种演化的长河上，只不过是一朵小小的浪花，而一些鲫鱼，被囚入缸池，被"宠爱"培育，竟能够被赋予奇异的体色、怪异的尾鳍、异样的肉瘤、异胀的水泡眼……这些本该被自然淘汰的病态性状，竟可以被光明正大地保留、扩展、推崇，乃至幻化至极致……

## 5

应该说，人类祸殃自然的种种作为，某些初看似乎也是想让自然更美，或自以为是在创造美或完善美，但结果却在屠弱生命，陷美至丑。人"爱"金鱼，"爱"入膏肓，算是杰出的一例。

想到在享有山顶花园美誉的瑞士，我曾偶尔逛入过伯尔尼的一家金鱼店，但见一口口鱼缸，均仅养金鱼两尾，我很是诧异，一问，方知在瑞士，一口鱼缸仅养一条金鱼是违法的，因为这会让金鱼感觉孤单；用圆形鱼缸养金鱼在意大利的蒙扎市也是违法的，理由是亮晃晃的阳光穿过弯曲的鱼缸壁，必发生折射，这将使滚滚红尘在金鱼眼中变得不真实……既有今日，又何必当初？只要人的"作为"能让金鱼的生活有所改善，权作"亡羊补牢"，也未尝不可，毕竟还是有了进步，但是，其中却有个掩藏不了的问题：即使如此，金鱼就不再遭罪吗？

金鱼游不出人的掌心。

"每一种动物都有固定的生命疆界、生命成长周期和节律，其天性模式是经过精确的自然调节而获得适应的。"（林科吉《对动物傲慢意味着人类的灾难》）每一种物种，也都是大自然洞开的一扇生命之门，"天地之大德曰生"，万物化生，生生不息，即使再卑微的生物被异化至残，也是在闭锁生命之门。当地球村多数生命的大门被訇然关闭之日，就是人类离呜呼上西天不远之时。

在大自然，唯有本原、健全、自然而然的一切，才是自在、自然、至美的。任何悖逆人和动物的平等、异化自然物的行为，均是失道、荒谬的。人与自然最理想的关系，我认为只能是：个体之间，各美其美；互不侵害，互赏互敬；自在自然，琴瑟相和；生物之链，持续延续；美美与共，天人和美。

然而，人，何以又会"钟情"金鱼呢？

我想，其间的原因必是复杂、多层面的，简而述之，必涉病态的爱美之心，含畸形的诡思异想。既想彰显人的能干、伟大，但又多少暴露出同为生物的"同病相怜"——金鱼与人，不也多有相似之处吗？金鱼头戴肉瘤大帽子，而古人的身心就完美？显然，"精神残疾"，古今之人皆有，拍拍我们尊贵的头颅，不也仍戴着"人类优先"的恶瘤帽吗？

不管是谁，被病态"外力"异化，都是悲剧，都须承受宿命的隐性或显性的苦痛……

# "清道夫"黑洞[1]

*我们把世界看错，反说它欺骗了我们。*

——泰戈尔《飞鸟集》

## 1

眼前这琵琶鱼，学名多辐翼甲鲶，别称垃圾鼠鱼、吸盘鱼，著名的俗称为清道夫。前年初秋，我才认识它，那天已入暮，一轮橙红色的月亮悬浮在天边，天地间色光有些异样，我在小区楼外的生态园散步，突见一壮汉双手举抓着一尾刚钓起的鱼，鱼吱吱直叫，形象怪异，钓者大骂一声"鬼鱼"，就将它摔进河边路灯下的草丛里，我上前去看，他说这就是清道夫，很凶残，专食其他鱼的卵，这条河，以前鲫鱼和罗非鱼很容易钓到，现在这些鱼都快绝种了，一钓就钓上清道夫。

那天以后，我就频繁邂逅清道夫，是冥冥中有何谕示吗？我放不下清道夫了。

清道夫的原乡在南美洲热带雨林，已"侵入"了美国、墨西哥、新加坡和菲律宾等国家，"入侵"中国——准确地说是侵入中国南方的鱼

---

[1] 载于《广西文学》2024 年第 2 期；《珠江环境报》2024 年 3 月 27 日转载。

缸，才是 20 世纪末的事，当时人们不识其"本性"，误当观赏鱼进口，以致而今，这多辐翼甲鲶已"荣登"皇皇中国外来入侵物种名录，更给生态美学出了道难题。

生态学法则认为"自然界所懂得的是最好的"，自然造物，诸如狮虎鲸鹰的神形，都有利于生存，也是最美的，当然，人对美的体认，均出自人的视角，现实的问题是：清道夫，美吗？

文学上存在黛玉式的"病态美"，动物界是否存在"恶态美"？清道夫是外骨骼鱼，体形若半扁圆锥，耸立着两个背鳍，尾鳍为浅叉形，成年鱼身长六十厘米左右，重逾一公斤，铠甲披身，宛若武士，甲壳的花纹以黑色居多，灰黑或黑白的豹纹织锦，张扬，颇具装饰性，眼倒极小，头更是扁平得出奇，就像被剃度过的蛇。据说鱼到中年，佼佼者还能雄起宽长高耸的胸鳍、腹鳍，还可昂头挪移步伐，出没于陆地。

更让我惊异的是它静趴大地时，竟浑然如浮雕，腹面扁平也像极了浔阳江头的小琵琶，这是称之琵琶鱼的原因吧，其出入烟波里，霸道横游，铁琵琶嘈嘈切切错杂弹，是可弹得倒湖翻江的。

我倡行散文"启智启美"，一直以"形神和谐"为前提，这清道夫却天赋神与，形神和谐得倒怪异，那半匿于脖颈的嘴唇，墨黑厚实，凹陷如陷阱，狞恶若吸盘，颇恐怖、神秘、幽深，吮吸力还超强，初见之，我已震惊，它像什么？是像无底的幽洞吗？我似有所思，又一时难以确定其像什么。

生态园河畔有一艘搁浅的画舫，内仓积水三四寸，不知谁丢入一条清道夫，看上去有一公斤重吧，背体较宽，鳍软而柔滑，体色竟不太黑，胸鳍却短而圆，这无疑是雌清道夫，因为雄清道夫都背脊窄狭，鳍硬粗而体色深黑，胸鳍也会尖长些。它仍活着。我猫腰入船舱，借着晨光，想伸手捉拿之，突见那小眼睛很深邃，有些目中无人，也有些瘆人，于是我改以鞋尖顶之、推之，它却毫不在乎，并无反应——是无所谓？高傲？强者的不屑？仍恃入侵者的强悍心理？

翌日正午，我在河畔的梭鱼草旁，却见到一具横陈的清道夫尸体，空洞黑暗的躯壳，在阴郁的天空下，灌满了秋风，几只细腰黄蜂、苍蝇和一溜蚂蚁，出入叮咬，正忙得不亦乐乎。这时，我看见邻近的台湾草丛里，还散落有清道夫，一条、两条、三条，大小均如汤匙，都僵趴着，都是活的——必也是钓者丢弃的。我想拎一条回家，养入浴缸，也好晨昏观察，却被妻制止了……鱼友曾说，清道夫被捞上岸后，常常装死，会伺机蠕爬回水中……我只好小心地拎着小东西的背鳍，将它丢入河边干涸的水泥沟，这时，河中传来一阵泼剌声响，必是其他清道夫的尾巴挑拨水波的声响，南方初秋，河水尚暖，清道夫们仍快乐着——生态问题大了……

## 2

清道夫侵入中国二十余年后，告急频仍，西江告急！珠江流域的许多水域，十万火急！

清道夫天性怕寒，适宜生活在不低于 20 摄氏度的弱酸性软水域，只要冬季月均水温高于 5 摄氏度，都能自然过冬，因而在中国，北靠五岭、南临南海、西居云贵高原，中部为丘陵、盆地及东南三角洲冲积平原的诸多水体，即珠江流域，就成了清道夫的"乐园"。

然而，多辐翼甲鲶入侵中国后的"阵容分布"如何？我一直未能找到官方发布的信息。幸好在网上，我最近读到民间环保人士制作的《清道夫分布水系地图》，该图标示出肉眼所见清道夫出没的水域，信息源自田野考察，数据采集截止时间为 2022 年 11 月 8 日。该图显示：

清道夫目前还出现在北纬 25 度以南，虽然长江水系还未见其侵入的"倩影"，但其已临近湖湘，离长江水系已然不远。

在琼，在闽西南，清道夫的队伍正迅猛壮大，古泉州有个胜景叫"东湖荷香"，今已沦落得只剩几丛残荷摇曳，满池哀风，就是因繁衍过量的清道夫无鱼虾可食，将美荷都享用光了。在蜀地、西双版纳，清道夫虽然还是散兵游勇，但兴风作浪不断。

清道夫"鱼口"最密集、最猖獗的水土，首推粤、桂。南粤的深圳和东莞水域，已全线沦陷，肇庆西江、汕头练江，其势力范围正不断扩大。

据粤港澳大湾区城事特搜网报道：本该"鱼"乐融融的湛江赤坎水库，而今清道夫一年的捕杀量就逾十万斤，一网撒去，捞起的清道夫就近百条。搜狐网的信息更令人惊愕、忧心：美丽的珠江，从白天鹅宾馆畔的白鹅潭至黄埔港，这一段蜿蜒汤汤的水路，青鱼、鲩鱼、鲢鱼、鳙鱼这四大家鱼已几乎被横行珠江的清道夫"清盘"……

### 3

宇宙洪荒，万物依缘。自然生态的"抗逆"能力，竟如此之脆弱，然而，这尾拖黑纱的清道夫，在中国南方，命运的拐点又何时？岂不是在"逼仄鱼缸一日离，一朝放生大水域"的时刻？

显然，那一刻，是中国南方生态迷乱的至暗时刻，是时也，人们对清道夫的认识仍处于黑洞般的盲区，并不知这被"解封"的水货，竟如此疯狂凶残，既食鱼，更嗜食鱼卵。鱼类学家说，一条中年清道夫，一日吸食的鱼卵可达五千粒，一尾雌鱼一年"坐月子"两次，等于"贡献"给水社会逾四千张"吸盘嘴"。

范仲淹笔下那一碧万顷、岸芷汀兰、郁郁青青、锦鳞游泳的大水域，柳宗元所抒写的鱼儿空游无依、历历可数的水平台，最是清道夫的"水天堂"，有道是"诗人的天职是还乡"（海德格尔），清道夫却需"生活"在如此的水域里，吸盘嘴才能更自在地履行黑色的"天职"……

我看过这样的视频：某男子将一网捕捞上来的清道夫拖至禾坪，将它们肚腹朝天地拼了个"人"字，经太阳暴晒至半干，奄奄一息，此时朝它们的嘴脸一浇些水，撒捺就有了动静，将它们丢入水池，才吸几口烟的工夫，一尾尾清道夫就游摆了起来。

这不是要改写"鱼儿离不开水"的寓言吗？

这是何因？——原来清道夫黝黑的胃部和腮丝中，毛细血管远比一般鱼丰富，可协助呼吸，空气只要仍能入胃，就还能在陆地上存活好些时辰。米什莱说的"鱼的世界是静静的世界"（《阳光与黑夜》）对陆地上的清道夫，庶几也算事实——若再入水，才能尽情地"躁动"起来……

迪拉德在《汀克溪的朝圣者》里，描述过巨型田鳖猎杀青蛙的情景：田鳖擒得青蛙后，当然也会像清道夫一样实施吮吸，却总是先要轻轻咬蛙一口，目的是注入麻痹酵素，好让青蛙的躯体渐次溶解，然后才吮吸青蛙的一袭皮……

如果你是鱼，你身上必然会分泌黏液；你如果遭受大刺激，病得奄奄一息，黏液的分泌就将更加淋漓——这更对了清道夫的胃口，清道夫不像巨型田鳖那样先给予你那么多"仁慈"，它会以嘴先"密接"你，并不是一上来就咬你，而是先亵玩你、吻吸那黏液，动作初时也还比较轻柔，但这非爱之吻，也非前戏，只可视为热身，一会儿，它会倏然翻脸，鳍棘膨胀耸立，摆起似防御实为百分之百的入侵姿态，那吸盘嘴，这时不但精准，而且是最大面积地、磁铁般地深入贴吸你、吮吸你，顶拉、撞击、撕扯，可怜的鱼儿，你逃得出虎口吗？我想象不出你是如何痛不欲生地挣扎，你红霞似的肉身，随即一撮撮，就进入了吸盘嘴……

这当然是个案，是否会出现清道夫围场围猎般群鱼之"战役"呢？你我不妨想象，这是个有月光的贪夜，一个莲花也见不到一朵的大湖，一片寂静，突然被狂弹琵琶、齐唱楚歌的水老鼠般的清道夫所打破，须臾，又复归寂静，俄顷，竟有无数的清道夫，齐发一声喊，齐齐冲离湖岸，朝湖心窜去，这些无鱼可敌的"乌合之众"，不久就围拢起一个圈圈——形成"井壁"，井壁在颤抖，在位移，在收缩，直径愈来愈短……手无寸铁的本土鱼们，怎么冲得出铁壁合围呢？唯有惊跳，跳声雷动，越跳越密，闪闪鱼鳞，扑打月光，湖心激浪四溅，鱼哭鼠嚎……没过多久，银盘似的一轮明月，银辉再洗静寂的湖面，只见湖心淌血，艳若桃花……

此般惨景，我以为是可能出现的，因为在珠江流域，许多塘湖河岸，有无数的吸盘嘴，正待字"洞"中。

鱼类学家说，清道夫寿命可达六年，两岁性即成熟。恋爱成婚大事，提上议事日程，夫妻双双即会相好于临水之岸，深掘"洞房"，因为雌鱼都得在深及米余的洞内产卵，甚至不少洞房还深及四米，清道夫的卵就似石榴籽，一粒粒挤满了胎盘似的球形囊，孵化率竟达百分之百。

## 4

清道夫有没有天敌？在中国，清道夫尚无天敌。

没有天敌的生物是可怕的。因为没有天敌，清道夫侵入美国佛罗里达州后，迅猛繁殖，飓风引发洪水泛滥，还让公路上、居民区，出现若隐若现、成群结队的清道夫背影。清道夫在墨西哥一泛滥，成千上万的渔民只好"洗脚归田"。

大自然，实乃精密的网状生态系统，芸芸众生，相互制约，环环相扣，链节之间，谁是老王谁为李四，都是业经演化固定好了的；"一方水土养一方人"，即便林中狮虎，谁主何方地盘，界碑也早已"约定俗成"，唯如此，才能实现真正的生态平衡，其间是离不开天敌的。

天敌是物种世界"量体裁衣"的调控器，是维持正常生态秩序的"红绿灯"。

清道夫不也称垃圾鼠鱼吗？这让我想起法国作家阿尔贝·加缪的长篇小说《鼠疫》，《鼠疫》表现的是奥兰人面对瘟疫的故事。

奥兰本是一个普通得不能再普通的城市，一天，一只死老鼠诡异地出现在了它不该出现的地方，而后是第二只、第三只……无数鼠尸，似乎要急速全面地"攻占"整个奥兰，随处鼠尸如山，恶臭难闻，而市民也一个个生起怪病，新尸一个接一个，城市陷入了突如其来的荒谬。狂妄无知或恐慌无助的市民，有的透过饰非，有的巧取豪夺，有的颓废生活……瘟疫犹梦魇缠城，奥兰最终彻底沉沦，这时，仍有人执着为瘟疫推敲字眼，迟迟不肯拿出有效的防护措施，只能被动应付——委实也是没有灭绝鼠疫的举措。

显然，在这个地球村，自然生态、精神生态和社会生态，倘若没有"天敌"，就必然是残缺生态、病态生态，更是荒谬生态，荒谬得就如《鼠疫》中的城市。

"月是故乡明。"可在清道夫心中，故乡南美洲的月亮却并不明亮，因为美洲鳄和水獭，都将清道夫当成小零食。水獭吃清道夫，就像吃辣条，一口一条，一条成年水獭，每天怎么也得吃个七八斤，想必，清道夫在老家，经常会如泥菩萨过河——自身难保。

本来，在华夏大地，民以食为天，对于一些饕餮般的吃货，还会有什么鱼不能肆无忌惮地吃呢？水社会里的清白鱼儿，何等肥美鲜嫩，尤其白花花、嫩生生的红油鱼片，那香，那腴嫩，那润滑、肥溜，入口即化……你不吃清道夫，岂不怪谬？然而，我所知的"除了天上的飞机、地上的板凳什么都敢吃"的我等广东人，迄今都是不吃清道夫的。

清道夫难吃，却不排除有敢吃之人。我看过一个视频，东南亚肉菜市场，鱼档主戴着铁纱手套，边吆喝边以长锋利刃，宰砍着清道夫，显然在兜售其肉。腾讯网日前曝出广东顺德一餐厅，将椒盐爆炒清道夫做成了"招牌菜"……

清道夫无疑是不适合做烹饪美食的食材的，刀功再精巧的厨师，也很难宰杀这满身铠甲的鱼。就算它的骨壳能被你剔净，顶多也只能剩下不到体重两三成的肉，肉质还粗糙，口感干涩且柴。何况，这东西还能在闻一多笔底脏污、绝望的《死水》里长久诡异蛰伏，甚至莺歌燕舞，从理论上讲，必带浓重的土腥味，就不要提它还喜欢吞食粪便了，那脏器，还能不深贮重金属、细菌、寄生虫？

连动物眼里最凶残的东西——人，都无法成为清道夫"大兵团"的天敌了……

## 5

最近，我看虐杀清道夫的视频较多，以火烤，以烟熏，用洗衣粉活埋，花样繁多，手段怪异，总逼我省思。

同为生物，人，就处处都强于清道夫吗？人该承认，论生存特技，论抗逆能力，清道夫还是有独特的本事。但清道夫作为本非中国生态网固有的链条，乃持刀入侵的强盗，似乎也谕示我们：一个生态体系，即便运行再正常，也有被"钻空子"的可能。

大自然中任何生物都有生存的权利，都平等，却不等于就可以容忍害群之马恣肆侵入，须从生物链，甄别"外来者"的"表现"，但凡"有助于维护生物共同体的完整、稳定和美丽的，它就是正确的。当它与此背道而驰时，就是错误的"（奥尔多·利奥波德）。但任何虐杀清道夫的方式，我认为都是不合适的，也"不仁道"，不悲悯——何况欲"三光"清道夫，也阻碍重重，并非那么容易。

那天朋友邀我到生态园垂钓，他说今天必爆篓，结果真是爆篓了，只是接二连三钓上的，全是清道夫。"专钓清道夫也好吧，除害……"我不由得说："说的是。"清道夫咬钩蛮怪，很霸气、痛快，浮漂一沉浮，真还就不见脱钩的，不到两小时，我们网篓就"进入"清道夫三十多条，当我们在河畔草坡上挖好深坑，要无害化填埋它们时，突然就刮过来一股旋风，不知从何处竟飘然而来一位老者，老者身穿黑衫、黑裤，戴着黑口罩，黑影似的，该是以为我们在挖什么宝贝，见是要埋一大堆鱼，即连连摇头，话也说得极带诅咒意味："这么多鱼是钓的吧？不吃就要放生，你们这样做是造孽，是必然要种恶果、得恶果的！"见他是老者，我们还是耐心解释不可放生的原因，可老者就是听不进，仍摆出一副大善人模样，并说不管清道夫这鱼怎样，也是生命，你们这样搞活埋，就是天道难容……

我无法否认老者对清道夫的悲悯，老者走后，我正视着坑中的清道夫，突也心涌悲凉，并生起恻隐之心，转而又想，在地球村，所谓"入侵者"的命运，真是全然取决于人对其认知的黑白，而且，在今天，人就有颜面面对亲自"引入"的清道夫吗？既有今日，何必当初……

## 6

曾几何时，初入鱼缸的清道夫，哪一尾不是在极力展示适应性强、易饲养、耐低氧、净化水质的"能力"，谁不竭力履行"工具鱼"的保洁职能？除吞食水族箱的青苔、残饵、污物，连粪便也吃，擦拭缸壁污垢的动作，也是轻轻地，还显得"病恹恹"的。

可如今，你还会认为那是因为它尚小，对新局面心里没底吗？或许，你已认为这是其韬光养晦，以不是很透明的水，掩饰本性，清道夫曾被誉为"清洁工"，更得"公仆鱼"的声名，"养鱼必养清道夫"，清道夫几乎成了人见人爱的明星鱼。

即便在去年冬，在一家房屋中介店，我还领教过小清道夫的"可爱"，当时，它刚翻转肚皮，仰泳一般，肚皮贴着水面，以吸盘嘴吸食浮动水面的饲料颗粒。面对这尾比壁虎略大的东西，我还真生不出哪怕一丝的憎恶，更看不出其会变成"水中恶魔"，却想，世事迷离，人们最初看不清清道夫的凶险，该和当时的我类似吧，此外，与清道夫是"夜行鱼"恐也有些关系——黑夜漫漫，沉浸美梦的人们，又怎会知道它在做啥呢？当然也有鱼友说，黄夜里，偶尔是可听到鱼儿急促撞缸跳水的声响……

而楼外小河里的清道夫，入夜，会不会搞出大动静呢？为了弄清楚究竟，亦是为撰写这篇散文，那夜，我专门披星戴月行至河边，久久地坐在河畔，屏息静听，心想，只要清道夫折腾出大动静，我就可以听到……然而，月光轻弹的河面，浮光闪银，哪有什么"跳水"的惊响？它们均饱食，深潜水底了吧……

> 时间，是韬光养晦的函数，
> 却无法消弭物事的本相……

羽翼渐丰的清道夫，终究还是成了鱼缸垃圾的主要制造者，纵然光天化日，也袭击缸中的其他鱼，暴露出"吸盘嘴"的本质……而今，广泛肆虐于珠江水系，谁能排除它们不可能在更多的中国水域猖獗横行呢？

> 也许路开始已错
> 结果还是错
> ——舒婷《也许》

果真引进外来物种，就没有更安全、明智的道路可走？果真就无法筑起逼迫"吸盘嘴"陷入穷途末路的"堤坝"？

我现在无法不臆想清道夫登陆的准寓言情景：无数的"吸盘嘴"从四面八方的水域，已顶破一朵朵水波，这回是楚歌也顾不上唱，只带一股股亮湿的凶煞阴气，就齐齐蹿跳上了岸，雄起强硬的胸鳍、腹鳍，似走若飞，疾速地朝我们每一个人逼将过来，你眼前那一张张越来越近的"吸盘嘴"，扩张着，膨胀着，似乎还可能无限制地发展，幽深、神秘、瘆人，黑漆如夜，坚硬如锅……须臾，你就将被其生吞活噬，沉入黑夜……如此的生态险象，尽管目前是超真实的，但却教我猛然醒悟：可怕的"吸盘嘴"，不就像宇宙空间深邃无底的"黑洞"吗？吸力强大生猛甚至连光也无法逃脱被"吞食"命运的黑洞，神秘莫名至今仍无法被科学彻底"看透"的黑洞，与清道夫的"吸盘嘴"，何其相似乃尔……

似乎已不难理解，多年前那些觉悟了的鱼友，许是与清道夫相濡以沫日久，已滋生"异类感情"，因而既不想续养之，又不忍杀生，便草率地将一尾尾扩张着吞噬血肉的"黑洞"，放生入自由大水域了。

被"解封"的清道夫们，这些可将恶琵琶错杂弹得凶浪滔天的琵琶鱼，绝非"不是堕落，就是回来"的出走娜拉，却是刚被打开的潘多拉魔盒，是要疯狂吞噬良好鱼水生态的"黑洞"群……

# 海殇后的沉思①

> 人与自然的关系能否走向和谐，今天已突出表现为人类能否建立并强化对自然的"新敬畏"。

> ——手记

## 1

人类该沉痛地铭记这场大海啸，这场人类历史上罕见的海殇！

2004 年 12 月 26 日，星期六，中国农历猴年之尾，西方圣诞节翌日，距离雅加达西北 1 620 千米，印尼苏门答腊岛西北近海海底地下 40 千米，发生了一场里氏 9 级的大地震。地震发生后约半小时，大海——这平日里的柔性巨人，略略收缩了一下拳头，海水就从海岸线猛然急退了近 300 米，继而以每秒 200 米的速度，挟雷携电，轰轰然，冲上苏门答腊岛的亚齐特区海滩，浪潮壁立，潮高 10 米，排山倒海；一小时之后，海潮在泰国南部普吉岛登陆；两小时后殃及印度和斯里兰卡；最后，浪冲东非索马里……近 20 万人葬身海底！

---

① 载于《散文海外版》2005 年第 4 期；入选孙昕光主编《大学语文》（高等教育出版社），杨萍、肖显惠、罗蓉蓉主编《大学语文》（重庆大学出版社）。陈力君编选《中外生态文学作品选》（浙江工商大学出版社）。

这是人类历史上罕见的浩劫!

在大海啸面前,生命竟然如此孱弱,如此无助。

地震和海啸,带来了地质结构的永久性改变,人类将因此而重绘地图。泰国曼谷平移了9厘米,苏门答腊岛西南的一些小岛则向西南方向挪动了近20米。科学家们甚至忧虑南亚有些地方的陆地将因之隆起,担忧地轴可能会偏移⋯⋯

海啸导致海水质量变化,沿海及近海的鱼群由于海水浑浊只得背井离乡。地层下陷,海岸遭受巨浪的冲击,原本就所剩无几的南亚珊瑚礁生态区最终消失殆尽。斯里兰卡的加勒古城及城堡、印度默哈伯利布勒姆古迹群和建造于13世纪的科纳拉克太阳神庙、苏门答腊岛的热带雨林等,也因之毁于一旦。

灾难并未消逝声息,大海却重新平复了身体;留下的,是我们这些依然要活下去的人,和难以消失的痛苦与沉思⋯⋯

## 2

海啸后的好多天,面对充盈电视画面的惨状,我深感痛伤,人类在灾难前竟是那么的渺小无助,同时心哀人类是那样的麻木无知。葡萄牙记者保罗·科蒂奥写道:"我们注意到海水后退了几米,然后形成了一个白色的波峰,海滩上的人都很好奇,一点儿也不害怕,很多人朝着海水跑过去,但突然一个巨浪猛力回头袭来,就摧毁了一切。"在斯里兰卡,灾难来临前,传闻海上即将有不同寻常的巨浪,人们便从四面八方云集海滩,翘首以观胜景⋯⋯

发人深省的是,野生动物在这场劫难中几乎都逃脱了。是野生动物有预感大灾难来临的第六感吗?还是它们比人类更具危机意识,更能领受大自然的威严?或是它们比人类更贴近也更亲近大自然,对自然万物能长葆敬畏之心？

大自然是有脾气的，偶一发威，就使人们落荒而逃，遇水而殁。人类，你们怎么可能是大自然的主宰呢？据闻，在泰国，海啸来临前，反倒是一头大象长鼻一卷，救起海滩上两三顽童，大踏步离去……

## 3

大自然并不止一种"行为"会引发海啸。

火山爆发会引发海啸，并且是伴着沸腾海水朝天喷涌的海啸。1883年，爪哇岛附近的喀拉喀托火山喷发，海底裂坑300米，波浪滔天30米，逾3万人葬身波峰浪谷。海底滑坡可引发海啸，8000年前苏格兰和挪威之间的海床发生大型滑坡，引发海啸，导致了苏格兰沿岸的部落顷刻灭绝。而台风逶迤海面，波涛汹涌，水位暴涨，也可以造成海啸。

海啸奔腾的速度主要取决于海水的深度。海水越深，浪速越快。在幽深的洋底，海啸的奔腾速度还可以赶得上喷气式飞机。海啸近岸时，前进的速度其实已经大为减弱，之所以掀起可怕的巨浪，是因为受到了海岸的挤压和阻拦。

这次印度洋海啸是由海底地震引发的。由于地震，海底急剧地上升或下降，还出现了裂缝，海底至海面的海水随之就产生了颠簸。"犹同往水池中扔下一块巨石，只不过这石头是从水底下抛上来的"，由此便激起"圆形波纹"，出现海啸。这是科学界比较流行的通俗解释。

依板块构造说理论，这场大海啸，是因为地壳构造板块之间的漂移、挤压引发的。"在长750千米、宽约483千米的'潜没区'，印度洋－澳大利亚板块挤到菲律宾板块下面。这种地质运动是痉挛性的，因为压在下面的板块总想把上面的板块拉下去。随着压力增强，上面的板块反弹回原来的位置。昨天（12月26日）的地壳运动发生在海床下面约

9.7 千米深处，移动了 16.5 码（1 码约为 0.91 米），这么大的距离已经足以造成灾难了。"（2004 年 12 月 29 日《参考消息》）

"自然界的意外是不可避免的。"这句出自以希腊神话大地女神盖亚名字命名的地学"盖亚理论"的话，真如一句谶语。

4

这场大海啸，本来是可以事先预警的。美国专家韦弗利·帕森指出："大多数遇难者都可以被挽救，如果印度洋沿岸国家有海啸预警机制或潮汐监测系统。"而且，倘若美国人测得的相关信息能顺畅及时地抵达，大多数人能来得及在地震后陆续逃生。震中在海底，波动抵达海岸还需要 20 分钟至 2 个小时。

大自然是环环相扣的精密系统，丧失什么都会造成残缺，都很危险。

倘若海边的红树林数十年来不遭受连续的砍伐，生长红树林的地盘不变成养虾池，珊瑚礁不被大量地开采破坏，假如这些天然屏障还在，海啸就会相继受到珊瑚礁和红树林的抵挡，速度变慢，能量减弱，无法长驱直入，就不可能如此凶猛。

倘若人类不在沿海筑那么多的度假别墅，不燃烧那么多的矿物燃料致使吸热气体增多，温室效应增强，气温上升，促进极地冰雪消融，使海平面明显上升，海岸线就不至于被侵蚀得百孔千疮……

何必忌讳呢？工业革命以来，我们人类的思维和手段，多是"攻击型"的，"披荆斩棘"，所有举措矛头皆指向大自然、指向他人，掐指算算，有多少作为乃"和善型"的，又有多少作为是忌讳后果的？

悲剧已难以挽回，任谁也无力挽回。但是，对于人类，这场灾变是否唤起了我们早已逐渐泯灭了的对自然的敬畏呢？

# 5

身为自然一部分的人类，不过是大自然脱了尾巴的孩子。对人类而言，大自然不但有母性的一面，也有父性的一面。

温柔、包容与无私施予是大自然的母性面孔。这种母性态委实就是大自然的均衡态。

父性则是大自然的威严，大自然的金刚怒目。父性态是大自然的失衡态或非正常态，是刚性态，是能量如火山爆发的状态，是大自然的"不平则鸣"状态，是大自然的怒气冲天与角力搏击。

大自然最能让人刻骨铭心的状态，往往是父性态。

长期以来，人类只知一味地索取、享受乃至掠夺，也由于大自然母性的一面总在前台无私施予；久而久之，人类就逐渐淡忘了大自然还蛰伏着父性一面。

毫无疑义，在人类眼里，只有母性的大自然，才是正常的、可亲的；至于父性，则是异常的、暴戾的。然而，这却只是作为自然之子的人类的主观看法，对自然而言，并不存在什么父性、母性，存在的只是自然本身物质、能量的自在运转和自主调整。

作为由物质和能量构成的苍茫庞大的系统，大自然从来就没有停止过自发调整。雨雪霏霏，秋风落叶，是大自然温和的调整；火山爆发，海啸激荡，则是大自然狂暴的调整；至于沧海桑田的变迁，乃至地球史上几乎可以毁灭70%左右物种的数次全球性冰川期，则是大自然的狂怒式调整了。神秘的黑洞和白洞，对宇宙物质和能量的调整，其影响有多巨大就更难想象了。大自然每作一次调整，就是一次自我修复，就是旧的平衡被打破、新的平衡在孕育的过程。大自然展示母性也好，父性也罢，看似偶然，实则必然，都是出于实现物质、能量均衡的需要。父性的等级越高，爆发得越频繁，表明大自然所要调整而发泄的能量越大！

值得说明的是，大自然的父性和母性，在人类出现前展现过；人类倘若消亡了，也会依然故我。人类不过是茫茫大宇宙里的小小蜉蝣，不过是大自然脱了尾巴的孩子。而迄今为止人类对大自然的影响，也主要还局限在地球的生物圈内，并且这些影响，在大自然的自主调整下，非常轻易地就会"大雪无痕"。所谓"人定胜天"，如果摈除其中人类自励的成分，剩余的不过是螳臂当车的狂妄。而且，父性给人类带来的灾难，对于大自然来说，统统都不可能是什么灾难。翻遍大自然的词典，你根本找不出"灾难"这个词语！

不必忌讳，即便大自然在表现狂怒父性时，也一样是至美的！不必说这场大海啸是人类的肉眼难窥的大自然能量的一次神秘、酣畅的释放，单那横冲而至如奔腾万马的海水，轰轰然，巍巍然，浪潮壁立高逾10米，随即訇然立扑，阔水狂冲，浪花四溅；须臾之间，大水又节节退却，匍匐下流，复归原状……倘若没有生灵死伤，没有屋舍坍塌；倘若印度洋沿岸没有人烟，这一场大海啸该是何等雄伟、壮美啊！地球46亿年的历史，沧海桑田，浩大无极的地质运动，噫嘘，大美哉！

6

这场大海啸，可以说就是让全人类恐惧地重新领教了大自然的父性，惨痛地复习了本该亘有的对大自然的敬畏。这可是一次代价惨重的复习啊！说起来，或许有悖常理，或许还有违理性，但是，我还是情愿认同这场大海啸是大自然在新世纪给作为自己孩子的人类的一份沉重且沉痛的"厚礼"，是大自然对人类尤其是工业革命以来所有大不敬行为的回应，是一次拍案而起的"反击"……人类不是搞过那么多而且还一直要搞核试验吗？不是有过那么多"惊天动地"的大作为吗？即便不产生蝴蝶效应，对地球的物质和能量交换，就不会产生任何影响吗？惩罚，不已经在进行吗？

7

在这个世界上，没有任何事情会空穴来风。

并不是任何文化都提倡人类对自然的敬畏。在《圣经·创世纪》里，神按自己的形象造出了人，并让人全面管理鱼、鸟、牲畜以及地上的一切昆虫，还将遍地结种子的菜蔬，和一切树上结有核的果子，统统赐给人类作食物。这无疑已等于在教义上高高确立：人类是大自然的天然主宰！

在远古的东方，并没有《圣经》那类确立人类是大自然天然主宰的文化经典。而《道德经》却云："人法地，地法天，天法道，道法自然。"似乎大自然，是具有至高无上地位的，教人敬畏。而事实上，在当时，人们对自然的敬畏，在本质上，还是对臆想的自然神的敬畏，甚至这种敬畏，还上升到了宗教层面。佛教不是视众生如父母吗？报恩唯恐来不及，不杀生物，甚至不踏生草。而主张"山川草木悉皆成佛"的日本佛教，相信万物有灵的日本神道，更是使古时候的日本人，对自然不但敬畏，而且崇拜有加。若深入地看，人对自然的这种敬畏，完全是源于自然的神秘，源于对自然的畏惧，是由于人类认识自然的能力尚弱、生产力落后、科技式微而产生的，在我看来，这是一种"旧敬畏"。

随着西学突现，人类手中有了科技的望远镜和显微镜，在地球——大自然的一隅，云遮雾罩已不再神奇，电母雷公也不再神秘……大自然的神秘感，就似日出后的雾霭，在不断淡化，在不断丧失，人类对大自然的敬畏，也随之不断消失。

倘若无法建立对大自然的"新敬畏"，我们人类，又将如何防患大自然的父性伤害或者惩罚呢？

我向往中的人类对自然的新敬畏，是一种复合型的敬畏，是人类对自然之"灵"——自然万物的科学本质和规律，对沧桑正道，不但能尊重，而且能顺应的敬畏；是能通过预警机制，自觉避让自然父性殃害的敬畏；是将技术的阴影扫出自然的敬畏；是不但不再将人类视为自然的主宰，而且建立对自然的感恩之心的敬畏；是使当前日薄西山的人与自然的关系能日益走向和谐的敬畏；是理应上升到宗教层面的敬畏……

## 8

人类终究不会也无法将自己永远禁锢在地球生物圈内，人类早就在仰望星空，夙怀挣脱地球、飞入遥远太空、称霸更大空间的抱负。

实际上，当人类一步步冲向太空、奔入辽远，当一颗颗悬浮于虚空中的星球在飞船舷窗外逐渐退隐的时候，当人类深入浩渺无极的静寂、神秘和苍茫空间时，在这四顾无声息的所在，孤独的甚至可能将有些恐慌的人类，还能不弥生强烈的敬畏吗？

是的，面对眼前陌生、幽深、神秘和空茫的宇宙，人类反倒会像刚爬上井台的井底之蛙，茫然四顾，马上会惶然惊觉自己的渺小、宇宙的神秘，对自然的新敬畏不但与时俱增，旧敬畏也会重新萌发。

在未来的日子，在太空时代，对大自然的新、旧敬畏，必将成为人类社会这辆喘息如牛的沉重列车脱离不得的双轨！

## 9

人类在大自然中的地位以及在大自然中的所作所为，确实都需要重新评判，重新定位。

看看这"人与自然"的说法，就有问题：这不是将"人"与"自然"平等并列了么？这已是十足的人类中心主义的表现，是人类狂妄自大本性的彻底暴露。渺小的"人类"怎能与无限的"自然"并肩，即便在地球生物圈，又在什么时候出现过比肩、并列乃至平等呢？

印度洋海啸才逾三个月，人们还没有完全从伤痛中恢复过来，2005年3月28日午夜，在印度尼西亚又发生了里氏8.5级的强烈地震。有了前车之鉴，这一次，人类的预警能力似乎有所提高。地震过后没多久，美国和日本马上就将海啸警报传达到了印度尼西亚、印度等国家。然而，在这一次，却根本就没有发生什么海啸。太平洋海啸预警中心时任负责人查尔斯·麦克里说："我们认为会有伴随地震的大海啸，最后却没有发生什么事，而我们认为影响不大的地震却发生了惊人的海啸，这对海啸预警提出了挑战。"大自然父性的庐山真面目云遮雾障，甚难被人类彻底认清，自然规律更是无法百分之百被人类认识——在大自然面前，人类再别奢望与大自然并列、平等，更遑论做什么主宰了！

## 10

人类在大自然中的位置能否逐步得到调整，是否能逐步摆正，衡量标准只有一个：看一看这天幕下的全人类，对大自然的敬畏，尤其是新敬畏，能否日益得到强化。

我们这个星球，曾有过"寒武纪""侏罗纪""白垩纪"……今天，来自科学界的最新判断是地球已经在进入一个新的发展时期——"人类纪"！

"人类纪"意味着什么？

意味着人类更难以正视自己在自然中的位置，意味着不自量力的征服欲，意味着人类单边主义……

　　大海啸已经在风中消逝，皓月依然从海上升起。在海边，年复一年，总会有人默默献上寄托哀思的鲜花，点亮明明灭灭的青灯。但是，时光无情，用不了多久，这场大海殇就会淡化成一个"印度洋海啸"的名词，干燥成一个没有血温的符号。而使人感到还有些慰藉的是，在那场大劫难中，人类尚能够暂时从相互攻讦中分神，彼此携手，同舟共济……

　　然而，作为自然之子的我们，已无法不越来越沉重地正视这些问题：该如何才能寻得人类逐渐淡忘的本来身份，如何才能觅得脚前的灯、路上的光？在大自然中，该怎样才算生活而不只是活着……

　　这注定是个充满艰辛而又总似曙光在前的旅程。

# 澳门莲花地①

*既不容卑污，亦和美包容，乃莲的大德。*

——手记

## 1

澳门被誉为"莲花地"，源自清人张甄陶著《论澳门形势状》，是张甄陶读华官所绘的澳门图时，惊喜发现澳门的地理形貌恰似"莲花地"。今天你拉近卫星地图俯视，同样可见澳门，像极了莲花：莲根长在珠海前山，那条经珠江水挟泥沙堆积宛若脐带般崛起的长长沙堤，则像莲茎，将内陆和莲芯澳门骨肉相连，那大小十字门、氹仔岛、九星洋、马骝洲等，无疑就是莲花瓣。

在澳门几日，你和团友领略镜海观澜，穿行大街小巷，深感"莲花地"许多街巷地名，都缀"莲"字：莲花路、莲花街、莲径巷、莲花园形地、莲花海滨大马路、莲径围、莲花径，还有荷花围……那澳门特别行政区的区旗、区徽上，更是有"莲"。随处可观可感的莲，教你惊喜、沉思。

---

① 载于《人民文学》2019年第12期。

那天午后，无风，威而酷的太阳，晒人如蒸桑拿。大家刚走进驻澳部队营外的树阴，你便惊喜地发现坡下，是莲叶连绵的大片湿地。

大家也发现了，都惊喜着，鱼贯下坡。

你凭栏细看，看后才知道这水域面积竟达百余亩的莲湖，除了湖心蓝幽幽地倒映天光，余皆为莲的世界，水柔柔阔阔，连绵不断的一朵朵绿，你拥我靠的……你刚感觉清凉，就听得身旁的团友说："这澳门，寸土寸金的，居然舍得让这么一大片湿地来种莲花！"

你很有同感，突见一团团湿漉漉的人工雾从莲间喷出。

你突然想明白这是个什么所在，就转过身来，却见莲湖岸上静立着一排翠绿安静的葡式小别墅，一问，竟还是澳门城区世界文化遗产的一部分——"龙环葡韵"！导游告诉你，"龙环葡韵湿地"已属澳门八景之一，还入选了"中国十大湿地"。

你随即欣赏而赞叹，却想这么个好景致，倘若雨天，坐在葡式别墅廊下，看雨中朦胧的莲，或者在晴日，于湖畔凭栏，品赏荷叶的清凉、自在和洁美，可真是人生至乐也！

　　　　自然是精神的象征。

　　　　　　　　　　　　　　　　——爱默生

离开葡式建筑后，大家沿莲湖畔小草挤满石缝的路径，北行，转了个小弯，你眼前突然一亮，原来出现了更为阔大的莲花世界，一朵朵盛开得难见边际的莲互相簇拥着，于炎阳下，似在团体祝福什么，你明白：进入澳门"莲花节"主展场了。

你很久以来都期盼欣赏到连绵无际的莲，你认为唯阔大无垠的莲，方能极致地展示莲的形神大美！

黄昏，回到下榻的宾馆，你急忙翻开澳门慈善学校赠阅的《民政资讯》，果见上载：

> 澳门回归祖国后，每年六月都要举行荷花节。今年正值
> "第三十三届全国荷花展览暨第十九届澳门荷花节"，澳门各个
> 地方请来了包括内地各省、市的荷花数万盆，荷花主展场设在
> 龙环葡韵，以五千盆莲花构筑"大唐盛世"主题风情画……

## 2

对于我们中国人，"莲花地"之说无疑大有深意，会教人联想起北
宋周敦颐的《爱莲说》，虽然《爱莲说》只道及莲"出淤泥而不染"，
并未说出污水和污气，但其实想想就明白，莲叶一出水面，面对的，仍
是不很洁净的空气、社会。

何况，水之下的污泥，那经由工业革命激荡的传统污泥，已被嵌入
化学异质和细菌，成分复杂，已是问题污泥，污泥里的水乃内涵丰腴的
"肉质水"。

——这些都表明，莲欲成就高洁，并不易。要出污，必须有大包容
之心，那包容方式，还得有"自生式""自觉式"和"屈辱式"……

也是一个下午，大家来到了妈阁庙。妈阁庙，原称妈祖阁，别称天
后庙，面朝大海，背山沿崖筑就逾五百年，是澳门最古久的庙宇，也是
澳门最著名的名胜古迹之一。

相传五百多年前有位福建商人，乘船航行往澳门，中途遭遇恶风骇
浪，幸得妈祖显灵相救，转危为安，商人赚得大钱后，遂出资建起这
座庙。

那天烈日似火，陆海之上空气奇稳，闷热异常，你攀上山门，入
庙，迎面的石壁上，多是数代官员和墨客骚人见证沧桑的摩崖石刻，石

阶和曲径相连，古树与花草错杂，奇石沉稳古朴庄严，颇有园林的典雅幽静。

你突然想起妈阁庙属道教，本该称"观"，可庙里却既供奉天后妈祖，也供奉佛教的观音菩萨，而更让你惊觉的，是山门前那片临海的不平之地——古码头，竟就是葡萄牙人首次"进入"中国的"登岸"点。一念及此，你不禁想起闻一多先生的《七子之歌·澳门》：

> 你可知"妈港"不是我的真名姓？……
> 我离开你的襁褓太久了，母亲！
> 但是他们掳去的是我的肉体，
> 你依然保管着我内心的灵魂。
> 三百年来梦寐不忘的生母啊！
> 请叫儿的乳名，叫我一声"澳门"！
> 母亲！我要回来，母亲！

原来，给澳门烙上殖民印记的"妈港"，其出处，就在这妈阁庙前有一棵巨大的假菩提树的广场上。

那是 1553 年，葡萄牙人将船停泊于妈阁庙前，自言献皇帝的贡品遭海水打湿，请求上岸晒干，得允后问这是什么地方，岸上的福建人不懂葡萄牙语，以为是问庙名，便操福建话答"妈阁"，葡萄牙人即以谐音"马港"称呼澳门。

"马港"，从此被澳门屈辱"包容"。

3

如果说妈阁庙见证了葡萄牙人殖民澳门，鸦片从澳门首次进入内地的历史，那么，澳门的莲峰庙则是林则徐禁烟威震夷酋之地！

说不清是否巧合，莲峰庙也冠一"莲"字。

进入莲峰庙前，天转微凉，还飘起了雨雾，远远地，你就望见了香火的鼎盛。

一八三九年九月三日，钦差林则徐得密告，将有大量的鸦片要从澳门进入内地。当时的澳门，虽已被葡萄牙人所占，但清政府尚存某些主权，林公就是在这座莲峰庙里，以凛然气度威震庙宇，对澳葡当局进行了严正的训谕：英国人义律必须从这里驱逐；鸦片烟必须悉数查禁；葡萄牙人不得与鸦片贩子相互勾结；澳葡当局必须配合中国方面的行动！

复习着这段历史，你踏进庙门，迎面供奉的还是雍容华贵的妈祖，里殿供奉的是观音菩萨，左侧殿则供着关帝，右侧的仁寿殿内奉祀神农始祖，观音殿后的文昌殿则供奉仓颉、金花娘娘和痘疹娘娘——妇婴的保护神。

妈阁庙和莲峰庙，供奉的竟然都不止一种"神"！

天，飘起了细雨，你不想马上走出庙门，而走近一池莲花，心想：每年夏日，这池莲花必定盛开吧，香远益清，而妈阁庙和莲峰庙多元文化兼容并包，会给世人哪些启迪呢？

4

并非只是为了寻找答案，我们现在的目光，仍继续投向莲。

那天在龙环葡韵观湖莲，你曾想起植物学家对莲的说法，有所悟，即与友人道：打在莲叶上的细雨或露水，只能凝为圆润的玉珠，各蹲一席之地，平和相处。

莲有规则，亦有立场。

天气奇热，当时你还俯身伸手去抚摸莲叶，莲叶清凉、柔和，颇有水绿弹性，得弹性，就颇得中国古圣先哲推崇的柔软。

你看普天下的莲全都力顶一片柔软，如天穹下微颤的绿盘，以接纳、开放的姿态，上接高远空茫。

这莲的柔软里，有容纳万物的"柔软心"。

莲叶田田，连绵得有多辽阔，静气就有多辽阔，团结就有多辽阔——谁见过莲们相互侵吞、倾轧，似藤类植物那般彼此绞杀？

那莲花柔韧，即使于花苞期，也呈包容之姿态。

莲，既自立又共荣，求深入齐发展，永远是那么润泽干净、自在淡定。莲也自珍自重，即便走到生命尽头，也不脱叶，枯了就改朝水土缩闭低垂，感恩水土的养殖。

莲更是现世唯一花、果（藕）、种子（莲子）共于一体的植物，是孕育、希望和成功的共同体，与我佛"法身、报身、应身""三身"同驻的理念，可谓天然相通。


莲中有佛，佛在莲上。


只要还有生命，莲就葆有出污的净绿，这是善心恒在的慈悲色，生命大度包容、自尊自爱自适的"通行色"！

今天，澳门的莲，已委实成为"双莲"：既是地理学和植物学意义上的"实莲"，亦是"虚莲"，乃精神的雕像，精神的象征，其精神文化基因，已广植"莲花地"！

这一切，都属必然，因莲本非俗物，佛典上说佛祖释迦牟尼甫一降生就屹立莲叶上，觉悟成道后，更是步步莲花。莲佛互生，觉悟于尘寰，出离污染之愿，从佛诞之日，已天授神予。

而澳门的"莲"，不是也上升到宗教的高度了吗？

至少，就我接触的澳门人的精神庙宇而言，"莲"，已然成为其崇尚膜拜的"神"。

在澳门几日，我们天天接触的澳门文友中就有几位，都崇"莲"拜"莲"，且让人感觉澳门人对事业执着平稳扎实推进的品格，心怀家国有容乃大不高调、不张扬的情怀，彰显热情助人、不重私财、善良慷慨的气度……

## 5

由于鸦片战争的爆发，清政府的腐败孱弱，外患内忧，葡萄牙人便趁火打劫，武力扩张与文化渗透并施，以种种手段，对澳门居民强行收取地租、商税、人头税和不动产税，其间中葡虽未发生大规模的流血战争，但也爆发过包括华人沈志亮成功刺杀澳门总督亚马勒在内的一次次抵抗，最终，澳门还是被葡萄牙殖民统治，华人丧失澳门主人的地位。

史实表明，葡萄牙人经过碰壁，已然明白，欲长期殖民澳门，还得讲究策略，需适当尊重中国文化，注重推崇中国人可以接受的元素。

这从耸立在新口岸人工岛的澳门观音像，可得到印证。

穿过宋玉生公园，你就能看到的这座总高度二十米的观音像，造型简洁流畅，其设计师是葡萄牙人建筑师、雕塑家李洁莲。

谁一看，都明白这尊观音像与中国内地庙宇供奉的观音容貌相去甚远：戴一块全无装饰的头巾，背向大海，背对西方，双目微开俯视脚下的土地，那容貌，却是玛丽亚的，尽管脚踩莲花宝座。

你不知道澳门人觉得这座观音像美不美，你只明白，这座观音像，今天所体现的，实属"莲花地"对历史、对不同文明的包容。

类似情况，在澳门的地标式建筑大三巴上，也能看到。

你们走近大三巴那天，正是澳门入夏以来最热的一天，赤日似火，一点儿也不留情地舔炙着光裸的大三巴，但它似乎并不怕炎热，依旧静立。它奠基于一六〇二年。站在这教堂牌坊的正立面下，你仰头而望，既可见到文艺复兴时期流行的对称，也可见到较为随意的建筑组合，混带前巴洛克时期矫饰主义和基督教教堂的特点，蕴含宗教意蕴的浮雕栩栩如生，历史的真实与神话的虚构交融，也算是东西方文化艺术融合的结晶。

突然，你眼随导游导引，竟看见在大三巴的第三层，赫赫然居然有两列浮雕式中国汉字："念死者无为罪，鬼是诱人为恶"！全然是中式庙宇楹联的形式。

这不就是葡萄牙人殖民澳门时期宗教建筑的代表吗？可谓极富象征意义。中西文化元素在上面，表面看真是既各自尊重，又各有表达，似乎很显得协调，这不完全属建筑艺术了！

显然，这真和殖民末期的澳门观音像如出一辙，可视作是葡萄牙人被"莲""教化"之"作为"吧……

## 6

澳门回归祖国后，静气祥和，繁荣兴旺，个中原因涉及方方面面，但你觉得，这至少与澳门人善于如莲般出污，消解曾经的屈辱有关。

爱莲、崇莲乃至嗜莲，自在而包容，这在今天的澳门，难道仅是文化现象吗？即便在山间小食店，也有中葡式餐饮，新郎新娘刚从牧师主婚的教堂出来，不久就着中式锦袄现身于中式酒店的喜宴，拜天地、拜父母、夫妻对拜。

那天黄昏，在路环岛，大家从名声远扬的安德鲁饼店经过，香港女团友眼尖，最先发现了饼店并买了一大盒蛋挞请众人品尝。看着掌中的蛋挞，外酥里嫩，焦黄的蛋茸，窝在小盘子似的薄酥饼托内，真有些舍不得进口，还想：这小盘子似的酥皮，不也似莲叶吗？而蛋挞，整个儿不就也像成熟的莲蓬吗？

而今，在"莲花地"，莲，不但已是大自然的代表，且其静美、祥和与兴盛，已表征着澳门人对物质和精神的双重呵护。

澳门回归母亲怀抱的翌年，澳门龙环葡韵那一带，突遭全球最危险物种之一——"薇甘菊"的入侵，澳门人立即行动起来，毫不留情将薇甘菊斩草除根，还很快将五片水域连成绿汪汪的大湖，湖中植入睡莲、畦畔莎草、风车草、三白草等水生植物，当然种植得最多的，还是其膜拜的植物——莲。

在科学被奉为人类社会真正大神的今天，澳门人仍能秉承万物有灵的民族根性，仍似敬畏神明般敬畏莲，真可谓得天独厚、臻入人生的大智慧境界也！

7

如今，中国人只要踏上"莲花地"，就必能感受到澳门人与祖国那份"子与母"般的深情，必能感受到本是同根生、血浓于水的情怀。

这一切，与澳门面朝大海，与澳门人心中拥有中华文化的自豪感，与澳门人念根爱根的归属感，与澳门人推进"多元文化共生体"的襟怀，均有内在联系。

来到澳门，许多人都会去银河综艺馆前，看那尊中央政府赠予澳门、一九九九年十二月二十日澳门喜归祖国时揭幕的大型雕塑——"盛世莲花"！

这尊盛世莲花亦称金莲花，高六米，最大直径三点六米，青铜铸造，贴金，红色花岗岩叠合的基座形如莲叶，意寓澳门三岛。

——谁能说金莲花，不是莲花大世界的最高代表呢？不是在象征、祝福"莲花地"的祥和与繁荣呢？

看着金莲花，你陷入了沉思：并不是任何一个地域、任何一座城市，都能产生出精神膜拜物的，因为精神膜拜物客观上表征着一个地域、一座城市的精神美质和高度。

澳门人天授神予尊莲崇莲，膜拜精神辉光四射的"莲"，不但客观上认同，而且将"莲"推上了膜拜的精神高度，如此和美的抉择，与澳门的地理人文秉性，真是契合得天衣无缝。这是最高的，更是唯一的、幸运的、幸福的抉择。何况莲还有异常"给力"、阔大圆润、善于光合作用的叶，还有深深下扎的根，良性的能量生成供给系统，在"自然与人"生态大系统里，总能相适相融和美一体。

而在你看来，人与自然（莲）的关系，和美才是至为理想的。说人与自然的最佳关系是"天人合一"，不如说"天人和美"更能精准表达自然与人的最美好关系。

### 莲＝荷＝和

久久地仰望着金莲花，你油然幻生出阔大而奇妙的想象：在这片神奇的"莲花地"，正有无数物质和精神谐和的莲花，去污、包容、奋进和祥和的莲花，一朵接一朵，宛如连绵涌动的五色祥云，正簇拥着、烘托着这朵世界上最大的、最结实的莲花……

今天，回看我们的地球村，依然算一个乱世，各种文化冲突、各种利益争斗，风波常生，波诡云谲，可在实行"一国两制"的粤港澳大湾区南端的澳门，却繁华而宽松。澳门，正日益成为这个星球上最祥和、最独特、其乐融融的"多元文化共生体"的典范！

澳门"莲花地"，正迎来世界越来越多的目光。

# 生态散文容量扩充策略漫谈（代后记）[①]

世界生态文学经典很多都是散文，或者说主要是散文，这是由散文文体的特质决定的。散文比其他任何一种文学形式与读者之心的距离更近，散文可以更充分地包容和表现自然的属性和美、描述人与自然的关系，长于感悟抒情和解释式描述，能叙能议，启智启美。我一直认为散文是具有无限审美可能性的文学类型。

每一篇生态散文都有必要最大限度地扩充容量，就像是给气球充气，以不爆破为前提达最大的容积。

如何扩充容量？以下结合本人从事生态散文写作的探索和经验，谈些管见。

## 一、在写作中引入科学视角

生态散文写作中引入的科学视角，包括科学知识、科学规律和科学思维。我视写作中引入的科学视角，是认识物事的望远镜、透视镜、显微镜和解剖刀；引入科学视角，是为了更精准地写出物事的真度、新度、深度和广度（"四度"），更好地展现自然美、客观规律美和揭示哲

---

① 载于《生态文化》2022 年第 3 期；中国作家网 2022 年 6 月 23 日转载；新华网 2022 年 6 月 23 日转载。

理美，更利于感悟和解剖人生、社会。

科学视角也是作家忧患的推进器、神思的平台、思想的新发地，文化批判的起跑线和爱的加油站。

引入科学视角可使散文蕴含更多维、更丰厚的美学效应，并非只是出于美学的考虑，在当今这个科学时代，这也是作家尊重读者的修行，诚然，也可以是作家风格建构的一个举措。

生活、思想和科学视角，我视之为驱动生态散文金马车的金轮子。

生态文学创作涉及的层面有五个：一是生态学层面；二是文学创作的一般规律层面；三是自然哲学层面；四是自然美学层面；五是社会政治学层面——引入科学视角亦是让生态散文能更好地扩充至文化层面的需要。生态散文写作不深入文化层面，是行之不远的。

体验、体悟科学知识其实也属作家体验生活的形式之一。未经过作家有效体验和体悟的科学知识，所蕴含的哲理、情感和诗，将难以被发现和挖掘，科学性与作品将成"两张皮"。

写作实践告诉我：科学元素一旦被思考得达到火候，融注入科学元素的作家情感也会发酵得较成熟，基于科学元素的情感与思想将互动而激荡，想象与联想会纷至沓来，这表明，科学性和文学性已深度融合。

假如不引入科学视角，生态散文对许多题材的写作将难以深入。如果不引入气象科学对雾霾的特点、本质深入地解读、剖析，我想在《雾霾批判书》（《北京文学》2013年第7期）中对雾霾展开批判、提出"雾霾恐惧场""空气伦理"及"精神雾霾"等，是断断不可能的。

其实，科学也并非只有自然科学，还含社会科学。《庄子》，不就是伟大的社会科学散文集吗？

一个时代有一个时代的文学。在生态散文写作中引入科学视角，是适应时代的需要。倘若科学时代的文学还回避或不注重包含科学元素，至少在反映生活的深广度上是有所局限的。

## 二、深入"三态"追求"大生态散文"

这些年，我越来越深入地感觉到人与自然的关系问题非常复杂，仅以一般的"人与自然"的关系审视写作问题，易陷入一些认识盲区，写作难以深化，著名文化学者肖云儒先生关于自然生态、社会生态和精神生态的"三态论"（《中国古代的绿色文明》），已然提供新的视角，极有启示意义。

自然生态在"三态"中最具独立性，人类社会未出现之前，自然生态就已存在——自然生态是元生态，既是人类的生命出处，也是人类社会之源；生态与心态相连，自然生态作为人的精神生态富于历史深景的生发地，是人类离不开的生命平台。

社会生态、精神生态受自然生态环境因素的影响，精神生态更受社会生态的影响乃至制约，精神生态中人的价值观、道德观、思维习惯等元素，又无不在影响和构成社会生态，至于社会生态中的经济、制度、管理、教育、道德习俗等同样将对精神生态构成影响乃至限制，"自然生态、社会生态和精神生态不但直接交流呼应，而且处于三层同构、全息、交感、互融的结构中，正反双向互动，显性、隐性的多层共生。"（肖云儒先生语）

一直以来，我们注目自然生态与人的精神生态多，关注社会生态少。

其实，社会生态自有其特殊性，有时甚至表现出很厉害的独立性。

"人一到群体中，智商就严重降低，为了获得认同，个体愿意抛弃是非，用智商去换取那份让人备感安全的归属感。""个人一旦成为群体的一员，他的所作所为就不会再承担责任，这时每个人都会暴露出自己不受到约束的一面。群体追求和相信的从来不是什么真相和理性，而是盲从、残忍、偏执和狂热，只知道简单而极端的感情。"（古斯塔夫·勒

庞《乌合之众：大众心理研究》)

人在社会生态中，这种精神上丧失自我主宰性、不理智而失却自我管控的表现，正是我认为生态写作，有必要将社会生态放在自然生态和精神生态"两态"中独立而又有联系地作深入考察的根由。

生态散文倘若未能深入地揭示"三态"矛盾，你想臻入大境界，是不太可能的。成功的生态文学作品如《鼠疫》《狼图腾》，都切入或复合表现了"三态"，应该说，切入"三态"的写作，生态小说已走到了前面。

在生态视域下，针对人与自然的关系，虽有一定的批判、反思和诘问，却未能更深入精神生态和社会生态进行省思，这一类散文可界定为"小生态散文"。小生态散文聚焦的，主要是自然生态和人的精神生态问题。

而大生态散文，则须深入探讨及艺术地表现自然生态、社会生态和精神生态"三态"的关系及问题，强调人的谦卑与担当，崇尚"天人和美"，已然是进入哲学境地的美学散文。

大生态散文，大在其思想内容和审美境界，大在其对自然生态、精神生态和社会生态切入的深度和广度。

就以写这场"球疫"来说，初期仅是精神生态与自然生态出的问题，是病毒报复人类，但瘟疫却属社会性疾患，是自然生态、社会生态和精神生态"三态"矛盾共同作用的结果，并迅速导致不同民族、不同国家、不同价值坐标新旧矛盾的全面激化，从而促发了全球的社会生态走向失衡——对如此的"三态"问题，假如你的笔不深入社会生态和精神生态，恐难以达到相应的深度、高度和广度，写的只能是小生态散文。

## 三、增大生态散文的"思想量"

生态散文容量的扩充，离不开作家的独立思辨和批判能力，提出和普及"生态思想量"的激情和能力。生态散文如果不具理性批判，"思想量"虚无，内涵必仍是干瘪的。

任何一位想有所作为的生态散文家都应该有想做生态思想家的"野心"，至少也该是生态思想者——

倘若我们的作品仅仅停留在对自然的摹写，仅仅是抒写自己是如何在山中水边观察和生活，乃至写如何如何深爱自然，即便情感再感人——我认为还是远不够的。

伦理即道德和行为的准则。"现代生态伦理"是在现代科技背景下人类与自然相处时应有的、适合和适应促进生态和美的道德及行为准则。

现代生态伦理观，既是危机观、忧患观，也是生命观，是在"科技神光"普照下，人类应该有也须有的一种觉醒，是对长期以来人类中心主义的反动，是现代社会的革命行为，并且，现代生态伦理的建构行为，业已成为事关地球村安全和可持续发展的行动伦理。

在我看来，生态文学与其他文学最大的区别，恰恰就在于生态文学具备真正认识意义上的对"新的现代生态伦理"的文学性阐释、文学性表现、文学式探索以及增量性贡献。

在世界生态文学经典中，我最喜爱奥尔多·利奥波德的《沙乡年鉴》，"大地伦理学只是扩大了共同体的边界，把土地、水、植物和动物包括在其中，或把这些看作是一个完整的集合：大地……人只是大地共同体的成员，而不是土地的统治者，我们需要尊重土地。"这伟大的、划时代的现代生态伦理观"大地共同体"思想，就是在《沙乡年鉴》这本散文集中率先提出的。

如何从自然中解读和提炼"精神"？怎样从自然中获取精神原动力，以建构新的尤其是中国现实版的生态伦理，已是摆在我们面前的大课题。

我不敢说自己对生态"思想量"有什么贡献，但自千禧年以来，我一直在努力探索中。我认为"大自然不但有母性的一面，也有父性的一面……母性委实就是大自然的均衡态。父性则是大自然的威严，大自然的金刚怒目……大自然的失衡态或非常态……是大自然的'不平则鸣'状态，是大自然的怒气冲天与角力搏击。"（《海殇后的沉思》）大自然的报复就是"父性化"的表现。人类对大自然的敬畏内涵已经发生了变迁，已由"旧敬畏"变成了"新敬畏"；敬畏存在"微观敬畏"和"宏观敬畏"；"敬畏是一枚严苛的硬币，正面乃敬重，反面是畏惧。"（《敬畏口罩外的微生灵》），等等。

那年我在瑞士瓦尔斯洞穴式温泉建筑内泡温泉，这座由建筑师卒姆托设计并获建筑界诺贝尔奖的"子宫式生态圣殿"——洞穴结构的圣殿式温泉建筑，让我喜悟：人与自然关系的最佳境界、最佳模式，不就是蕴含孕育、温暖、互赖、包容、仁爱、感恩、敬畏、孝敬自然（母亲）等美好内涵的"子宫式生态模式"吗？（《走进子宫式生态圣殿》）。

## 四、让生态散文走向象征

象征是喻义大于本义的艺术。生态散文走向象征，可以有效地、弹性地扩充内容，是实现散文容量最大化的重要途径，甚至是捷径。生态散文营构象征，离不开对象征物的认识和刻画。

寓意深刻的象征，避免了生态文学常犯的过于平实、滞涩的毛病，呈现一派云气氤氲的诗性气象，审美解读空间得以极大地扩充，作品的内涵可以走向最大化，无疑强化着"启智启美"的效应。曹雪芹的《红楼梦》、海明威的《老人与海》，何以具有不息的解读性？与其蕴含的象征性密不可分。

我视象征的本质为议论。象征分为整体式象征和局部式象征。一篇作品只集中表现一个大的象征物，即整体式象征，茅盾的散文《雷雨前》是整体式象征的经典作品。局部象征只是一篇作品中有一物象或几个物象是象征物，余光中散文《鬼雨》中的"雨"即是。

我希望借助科学视角让作品朝象征靠。我在《病盆景》《精神的树，神幻的树》《人蚁》《肥皂》《鸣沙山·月牙泉》《天麻劫》《这个尘世的变色龙》等篇章中，对营建象征作过一些探索。

写作经历告诉我，对象征物，引入科学视角审美审视，更利于完成细密描写、细节展示，会更缜密、更深入而具象，更利于完善作品的象征性。

## 五、既风格独具又融汇更多文化元素

文学艺术，得风格者生。风格就是特色，风格就是质量，风格就是永恒的生命。无风格者或可名扬一时却无法传扬后世；唯风格鲜明者，才能长出传世的翅膀。对此，书法史同样可以给我们启示，欧阳询、颜真卿、柳公权、苏轼、郑板桥、李叔同的书法，哪一位不是风格独具、辨识度极高的呢？

风格是作品从内容到形式所有构成因素环抱生成的大树；风格是作品蕴含的独特元素的强化；风格，蕴含着思想和艺术元素的极致性扩容。

生态散文内容扩充的最好载体是风格性文本。

风格与选材有关。如果法布尔不是写昆虫题材，就不可能有传世作品《昆虫记》。生态散文写作也并非一定选熟悉的题材，而是须选自己感兴趣的题材，有真实自然物依凭的"接地气"的题材，通过思考可以扩展的题材，对写作的题材，最好有亲历、现场感。

风格与切入问题的视角有关。视角须聚焦。散文也好，生态散文也好，大的写作准则还是依从肖云儒先生的"形散神不散"理论。诚然，形神俱散的散文也有成功之作，比如古罗马皇帝马可·奥勒留的《沉思录》。梁实秋《雅舍小品》中的许多篇章也较散，然何以好读？因其文字浸润着中国文化之韵也。中国文化是浸透入《雅舍小品》骨髓的。

风格更是以真为基础。生态散文由于至少融入了生态科学——生态之真，因而已成为比其他任何散文的"真度"都更高的散文。

一篇优秀的生态散文，科学之真作为坚实、宽大的审美基础，奠定和强化着善和美的效应。谁能否定具有无限可能性的大生态散文，不充盈隐显与共、同构互融的大真、大善、大美的内涵呢？

然而，生态散文容量扩充的底线是什么？是情感之真。

生态散文容量的扩充，还得以作家个性化的求真式研究为基础。生态散文容量还可以融汇更多"真的"文化元素：

——那些可以扩展或强化题旨的，让作品展示张力的，与表现思想和感觉、情感有关的寓言、神话、诗词、散文甚至是小说片段等等，都不妨引入或化入作品，这方面《蒙田随笔》最值得借鉴。

犹同"只要主义真"一样，生态散文容量的扩充，最重要的还是求得真理的扩充，生态散文中的真理，在当今这个尘世，已关乎着国计民生和"地球之命"！

每一个想有所作为的生态散文家，都真有可能将个性化的风格扩充为"大风格"。

但凡风格独树兼有大思想者，都可以成为大家。一是思想，二是风格，得其一，只可以成为名家。大师只能由风格独异，思想引领大风气、新潮流者担当。